Ulrich Maurer
Wars das?
Ein Nachruf auf die SPD

VSA: Verlag Hamburg

www.vsa-verlag.de

Bildnachweise und Informationen zu den Fotos auf Seite 158.

© VSA: Verlag Hamburg 2018
Alle Rechte vorbehalten
Druck und Buchbindearbeiten: Beltz Bad Langensalza GmbH
ISBN 978-3-89965-840-8

Inhalt

Prolog März 9

Willkommen im roten Worms 15

»Wir sehen uns wieder, mein Schlesierland« 19

Parteiendemokratie am Ende? 25

Oskar Lafontaine 31

Die 68er 37

Die SPD im Südwesten 47

Hans Modrow 55

Die Erneuerung hat begonnen –
die SPD löscht ihr Gedächtnis 61

Aufstieg und Fall der SPD-Linken 65

Bertelsmann kann mit fast allen 71

Vom Teufel geholt 75

Lieber frei als gleich –
der Abschied von der sozialen Frage 83

Dienst am Menschen 91

Die Kommune als Modell 95

Ausbeutung durch unbezahlte Arbeit 103

Aufstehen?! 105

Wie der Neoliberalismus über die SPD kam 111

Was wird werden? 117

Die SPD und der Fall Maaßen –
Mitleid, Verachtung, Lächerlichkeit 139

Diesel-Krise –
außer Spesen nichts gewesen 143

War's das, SPD? 145

Hoffnung 153

Bildnachweise 158

Dieses Buch ist allen gewidmet, die an der SPD zweifeln oder verzweifeln.

Für die Mitarbeit danke ich meiner Frau, Dr. Christine Rudolf, die mich auf meine alten Tage mit dem Gedankengut einer feministischen Ökonomin konfrontiert, meiner Tochter, Stephanie Royo Estrada, und Marion Spröte, einer wahren »Schreibfee«.

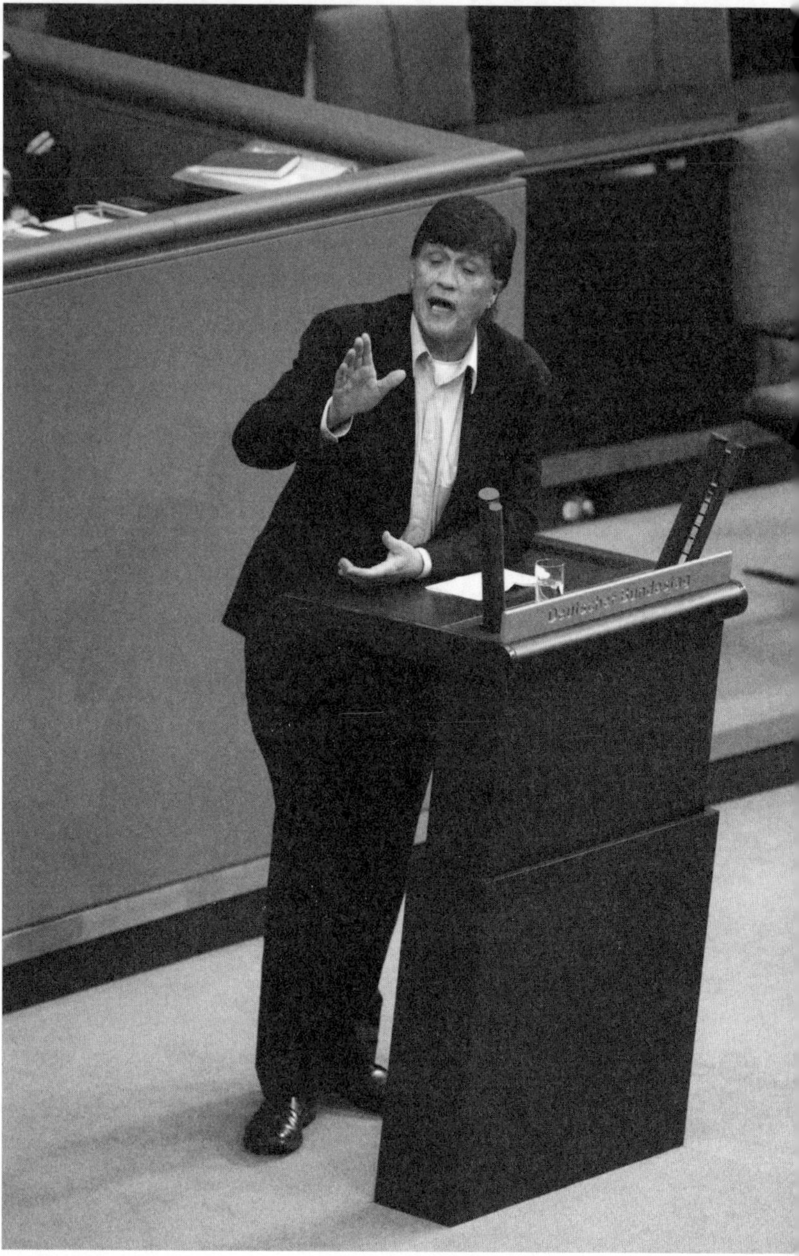

Prolog März

Am 22. März 1918 nimmt der Reichstag, gegen die Stimmen der Unabhängigen Sozialdemokratischen Partei Deutschlands (USPD), die neue Kriegskreditvorlage an. Am 18. März 2018 beruft Finanzminister und Vizekanzler Olaf Scholz den Deutschland-Chef von Goldman Sachs zum beamteten Staatssekretär im Bundesfinanzministerium. Der Kreis hat sich geschlossen.

Im März 1918 wird der schändliche Friedensvertrag von Brest-Litowsk geschlossen. Russland verliert 50 Millionen Einwohner, ein Viertel des Staatsgebiets und zahlt sechs Milliarden Reichsmark Kriegsentschädigung. Bei der Abstimmung im Reichstag über den Vertrag enthält sich die SPD. Die USPD stimmt dagegen.

Im März 2018 erobert die türkische Armee mit ihren islamistischen Söldnern die kurdische Stadt Afrin. Zweihunderttausend Menschen fliehen. Die Plünderungen und die Schreckensherrschaft beginnen.

Im März 2018 gibt der Staatssekretär Matthias Machnig (SPD) zu, dass es auch nach Beginn der türkischen Offensive zu Waffenlieferungen an die Türkei gekommen sei.

Im März 2018 erklärt der deutsch-türkische Journalist Deniz Yücel in einem Interview mit der »Welt« und der »taz«, die Regierung der Großen Koalition habe alle progressiven und demokratischen Kräfte in der Türkei verraten, da Kanzlerin Merkel Erdoğan Wahlkampfhilfe geleistet habe.

Nach 1918 werden Karl Liebknecht und Rosa Luxemburg, mit Billigung des Innenministers Gustav Noske und, wenn man den Aussagen des befehlshabenden Freikorpsoffiziers Waldemar Pabst trauen darf, auch mit klammheimlichem Einverständnis des späteren Reichspräsidenten Friedrich Ebert, gefoltert, umgebracht und in den Landwehrkanal geworfen.

Nach einigen Jahren wird die SPD ihre Programme vergessen und der Bourgeoisie zur Macht und dem Kapitalismus zur Durchsetzung in allen Lebensbereichen verhelfen. Als Naziherrschaft, Zweiter Weltkrieg und Vernichtung vorüber sind, Krieg und Vernichtung einige Jahre zurückliegen, wird die SPD im November 1959 in Bad Godesberg auch programmatisch ihren Frieden mit dem Kapital machen. Später wird sie unter Gerhard Schröder mit der sogenannten Agenda 2010 dem bundesdeutschen Sozialstaatsmodell die Grundlage entziehen und die größte Umverteilung von unten nach oben in der deutschen Geschichte bewirken.

Auch Gerhard Schröder und seine Epigoninnen und Epigonen waren nur Teil eines umfassenderen gesellschaftlichen Prozesses. Die von der SPD selbst hervorgebrachten Aufsteigerschichten haben unter der kulturellen Hegemonie des Neoliberalismus und unterstützt von der deutschen Medienlandschaft einen gesellschaftlichen Spaltungsprozess bewirkt, dem die SPD nun selbst zum Opfer fällt. Hatten Schröder und die Seinen die Arbeitslosen und die arbeitenden einkommensschwächeren Schichten doch über Jahre konsequent ausgegrenzt.

Der Niedergang der deutschen Sozialdemokratie ist nur eine der Folgen der alle Lebensbereiche umfassenden Dominanz des Neoliberalismus, die in keinem Land der Welt so wirkungsvoll etabliert wurde wie in Deutschland. Auch die deutsche Bevölkerung macht inzwischen die Erfahrung, dass die Herrschaft der transkontinentalen Konzerne und der Finanzmärkte ihre vermeintlich sicher geglaubten sozialen Errungenschaften untergräbt.

Kinderarmut und Massenarbeitslosigkeit, sinkende Reallöhne, drastische Reduzierung der Renten, zunehmende Chancenlosigkeit der Jugendlichen und zerrüttete Familienstrukturen (weil viele Familienmitglieder den Anforderungen der Wirtschaft an Flexibilität nicht mehr gewachsen sind) markieren in Deutschland den Beginn des Niedergangs. Die Botschaft des neoliberalen Systems ist eindeutig: Jeder ist seines Glückes Schmied und am Ende rette sich, wer kann. Mehr denn je hat ein

Spruch Gültigkeit, den ich auf der Fassade eines Abbruchhauses in Berlin gelesen habe: »Die Grenze verläuft nicht zwischen den Völkern, sondern zwischen oben und unten.«

In allen Jahren gab es trotz alledem viele Menschen, die die Worte des Otto Wels gelesen hatten – er sagte am 23. März 1933 in der letzten freien Rede im Deutschen Reichstag: »Freiheit und Leben kann man uns nehmen, die Ehre nicht«. Und es gab viele, die die neue Ostpolitik des Willy Brandt erlebt hatten, seine Aussagen zu Nord-Süd, seinen Kniefall in Warschau, und glauben wollten, dass man aus dieser Partei eine Partei des demokratischen Sozialismus machen könne.

Sie wollten es glauben, trotz so vielem Verrat an den eigenen Idealen, soviel Opportunismus, soviel Käuflichkeit, soviel Feigheit und Anbiederung gegenüber den Herrschenden. Aber scheinbar waren diese so alternativlos angesichts der Diskreditierung der linken Idee durch den Stalinismus und angesichts der erdrückenden Macht der Liberal-Konservativen.

Sie, wir, sind alle im Kampf um diese Partei gescheitert, selbst wenn wir so weit gekommen waren wie ein Oskar Lafontaine. Wir sind gescheitert an Macht und Geld der neoliberalen Agenturen, an ihrer Fähigkeit, karriereorientierte Menschen und Netzwerke zu korrumpieren, die Medienlandschaft zu beherrschen und die öffentliche Meinung zu manipulieren.

Wir sind aber auch gescheitert an der Sklavenmentalität der Abhängigen, an ihrer Angst und ihrem Buhlen um die Anerkennung durch die wahren Machthaber, die es noch immer geschafft haben, mit der staatspolitischen Verantwortung zu locken, wenn sie die Karre gerade mal wieder in den Dreck gefahren hatten.

Selbst heute, wo diese SPD ihrem Ende entgegentaumelt, zertrümmert von ihrer alten Rechten und den neuen neoliberalen Netzwerkern, geistern Träumer wie Kevin Kühnert durch diese politische Trümmerlandschaft, um irgendwann in der inneren Emigration oder als Parlamentarische Staatssekretäre zu enden. Auf die Tragödie, die in den Schwur von Buchenwald mündete, folgt am Ende die Farce.

Einen Neuanfang der Linken in Deutschland und Europa kann es aber nur geben, wenn die alten Geisterbahnen verlassen werden. Es kann nicht sein, dass die Menschheit nur die Alternative hat zwischen der Herrschaft von Google, Goldman Sachs, Facebook, Morgan Stanley, Twitter und Amazon oder der Herrschaft von neofaschistischen, nationalistischen Finsterlingen und Kriegstreibern. Allerdings muss dafür die Linke ihre Rechthaberei und ihre Spaltungssucht überwinden, ihre Verehrung der Leichen im eigenen Keller, ihre kulturelle Trennung vom Leben der Ausgebeuteten und Ohnmächtigen. Leidenschaft und Mitgefühl müssen einkehren anstelle von Narzissmus und Larmoyanz.

Seit 5000 Jahren gibt es schon die wenigen Beherrscher und die vielen Beherrschten, die wenigen Patriarchen und die vielen Sklavinnen. Auch die Geschichte des Scheiterns der Sozialdemokratie ist darin nur eine Episode.

Willkommen im roten Worms

Dieser Satz stand auf einem Spruchband, das noch Anfang der 30er Jahre des vorigen Jahrhunderts über den Einfallstraßen dieser alten Stadt am Rhein hing.

Ich habe das (wieder) rote Worms als kleiner Junge in den 1950er Jahren kennengelernt. Das rote Worms in Gestalt der proletarischen »Festung«, gebaut in den 1920er Jahren, in der meine Großtante Gretel Gimbel wohnte und lebte.

Verheiratet war sie mit einem derben Malocher, gebeugt von der Trauer war sie um den Sohn, den die Nazis umgebracht hatten. Stolz war sie auf den jüngeren Sohn, den auch sehr derben IG Metall-Funktionär. Voller Angst war sie um die Tochter, die den Verlockungen des amerikanischen Lebensstils zu erliegen drohte.

Auf vielen Häuserwänden der Stadt Worms stand, eilig hingeschmiert, Ami – go home! Aber die Kinder in der Arbeiterfestung lernten Baseball spielen, die GI's hatten Alkohol, Zigaretten und Musik im Angebot.

Die Wohnungen in der Proletarierburg waren groß, hatten eingezogene Balkone, von denen aus man die Sprösslinge bewachen konnte, die im riesigen Innenhof zugange waren.

Großtante Gretel hatte einen Gimbel geheiratet, und der mächtigste Gimbel wohnte auf der anderen Seite des Innenhofs. Er war Vorsitzender der SPD-Stadtratsfraktion, und die hatte die Mehrheit. Er war mit einer Französin verheiratet, und das brachte neben dem Nimbus des Arbeiterfürsten auch noch einen Hauch von Verruchtheit in die Arbeiterfestung. Die Französinnen waren bekanntermaßen ja sittlich verderbt und deswegen sowohl Gegenstand verklemmter Bewunderung als auch latenten Fremdenhasses.

August Gimbel, der Arbeiterfürst, war im Reichsbanner Schwarz-Rot-Gold gewesen. Und er hatte monatelang im KZ Osthofen gesessen. Er war Träger der Ehrenmedaille der Stadt Worms.

Meine Großtante hatte mit ihrem Gimbel, vor allem materiell, eine bessere Wahl getroffen als ihre Schwester, meine Großmutter. Die Wohnung meiner Großtante hatte drei Zimmer, eine große Küche und vor allem ein Bad mit großer Badewanne. Meine katholische Oma hatte einen ebenso kreuzkatholischen Dreher geheiratet, einen Gewerkschafter. Sie lebte deshalb in einer Zweizimmerwohnung. Die Badewanne war ein Zinkzuber, das Klo war ein Bretterverschlag auf dem Hof und das Klopapier bestand aus zusammengeschnittenen Zeitungen.

Ihr Mann, mein Opa, hatte es allerdings auch schon in die Fänge der SA und auf einen Lastwagen geschafft.

Von diesem allerdings wurde er von meiner Oma heruntergeholt. Das versteht nur, wer diese Frau gekannt hat.

In diesem roten Worms war die sozialdemokratische Welt noch heil. Ihre Repräsentanten waren integer, sie wohnten unter den Menschen, sie wussten, was diese dachten und von ihnen erwarteten. Deshalb sind meine Erinnerungen an das rote Worms stimmig und schön. Aber es gibt sie nicht mehr, diese heile, rote Welt, die auf eine ganz und gar schreckliche gefolgt war.

»Wir sehen uns wieder, mein Schlesierland«

Dies war das Lieblingsmarschlied meines Zugführers beim TbTl (das steht für Technisches Bataillon) SW 260 in Großengstingen auf der Schwäbischen Alb. Was wohl ein Bürger Polens empfunden hätte, wäre er Zeuge dieses bemerkenswerten Auftritts gewesen? Heute weiß man, und die nächste Generation ist schon wieder dabei, es zu vergessen, dass diese Armee gespickt war mit militärischen Führern und Unterführern, die schon bei Hitlers Angriffskriegen dabei waren.

Als dummer Tor, der ich damals war, habe ich einige Jahre gebraucht, um zu begreifen, dass die angeblich bösartige DDR-Propaganda zum deutschen Revanchismus wohl doch nicht aus der Luft gegriffen war.

Das Regiment SW, Abkürzung für Sonderwaffen, war ohnehin eine sehr besondere Einheit. Das machte sich schon in den demütigenden Ausbildungsmethoden bemerkbar. Was war es doch für ein Heidenspaß, den Soldaten, die im Kampf um den Wochenendurlaub mit verbundenen Augen ihr Gewehr zusammenbauen mussten, die Einzelteile desselben zu verschieben. Vor allem aber bedeutet »Sonderwaffen« ein Artillerieregiment, das mit Kurzstreckenraketen bewaffnet war, die taktische Nuklearsprengköpfe trugen. Deshalb gehörte zu dieser Truppe auch eine Kompanie GIs, denen die Bewachung und Kontrolle der atomaren Sprengköpfe übertragen war.

Die dahinterstehende strategische Idee war wohl, einen konventionell überlegenen Gegner mit taktischen Atomwaffen auf dem Gefechtsfeld zu vernichten. Donald Trump hätte seine helle Freude daran. Denn heute steht die Vorstellung, Atomkriege führbar zu machen, in Washington bekanntermaßen wieder hoch im Kurs. Das erklärt sich nicht zuletzt aus der mehrfach offenbar gewordenen infanteristischen Schwäche der US-Armee, deren wesentliche Fähigkeit ja darin besteht, den Gegner, aber auch die Zivilbevölkerung, aus sicherer Entfernung zu bombardieren.

Die zweite zentrale Erfahrung meiner Soldatenzeit resultierte aus dem Einmarsch der Truppen des Warschauer Pakts in die ČSSR im August 1968. Es traf ein Befehl aus dem NATO-Kommando in Heidelberg ein, der das Regiment in höchste Alarmbereitschaft versetzte. Der Anblick der mit scharfer Munition ausgerüsteten Begleitpanzer machte auch noch dem letzten meiner damaligen Gefährten klar, wie ernst die Lage war.

Der Vorgang insgesamt führte zu erstaunlichen psychologischen Phänomenen. Die vorher übelsten Unterführer verwandelten sich in kurzer Zeit zu Ausbünden von Menschenfreundlichkeit, nachdem ihnen einzelne Wehrpflichtige ihren bevorstehenden Heldentod angekündigt hatten. Die wochenlange Ausgangssperre hatte seltsame Exzesse zur Folge, bei denen neuartige Kampflieder zur Darbietung kamen. Etwa des Inhalts: »Alle Zeitsoldaten, alle Zeitsoldaten, sollt' man nach Vietnam jagen«, oder »Uffze (Unteroffiziere), Stuffze (Stabsunteroffiziere), Lumpen und Papier, eingeschlagene Zähne sammeln wir«.

Der erste musikalische Wunsch ist mit tatkräftiger Hilfe der SPD mittlerweile weitgehend erfüllt worden. Allerdings nicht in Richtung Vietnam, sondern nach Afghanistan und Mali, ins Kosovo und ans Horn von Afrika. Wehrpflichtige, die ihre militärischen Unterführer bedrohen, gibt es dank der Umwandlung der Bundeswehr in eine Berufsarmee nun nicht mehr. Merkwürdigerweise halten dies die Grünen und auch große Teile meiner eigenen Partei für einen politischen Fortschritt.

Die zunehmende Militarisierung der deutschen Außenpolitik ist eines der bemerkenswertesten Kapitel der Verwandlung der deutschen Sozialdemokratie zu einer willfährigen Dienerin des spätkapitalistischen Machtsystems. Gab es in den 50er Jahren des letzten Jahrhunderts noch offenen Widerstand gegen die Wiederbewaffnungspolitik der Regierung Adenauer, besichtigen wir heute eine Partei, die sich regierungsverantwortlich an einem völkerrechtswidrigen Angriffskrieg in Jugoslawien beteiligt hat.

Aus der Ablehnung des Krieges als Mittel der Politik, wie sie noch Willy Brandt formuliert hat, ist die vom SPD-Verteidigungsminister Peter Struck proklamierte »Vorwärtsverteidigung der Freiheit am Hindukusch« geworden. Der schrittweise Umbau einer aus Wehrpflichtigen bestehenden Verteidigungsarmee in eine global einsatzfähige Interventionstruppe von Berufssoldaten wäre ohne die tatkräftige Beteiligung der SPD niemals zustande gekommen.

In einer Welt, in der das Kriegsvölkerrecht beliebig mit den Füßen getreten wird, in der wie im 19. Jahrhundert ausschließlich das Interesse der jeweiligen nationalen Machteliten die Politik bestimmt, ist diese Verwandlung der Sozialdemokratie in ihrer Wirkung noch verheerender, als dies ohnehin schon der Fall wäre.

Für das fortschreitende Siechtum und den sich nun abzeichnenden Zerfall der deutschen Sozialdemokratie ist diese Entwicklung von ähnlich ausschlaggebender Bedeutung wie die Aufgabe ihres sozialen Markenkerns durch die Agenda 2010.

Die Friedenspolitik der Regierung Brandt hatte vieles aus der Vergangenheit der SPD vergessen gemacht: von der Bewilligung der Hilfskredite im Ersten Weltkrieg bis zur Unterwerfung unter die Politik der westdeutschen Wiederbewaffnung. Insbesondere hatte diese

»neue Ostpolitik« der SPD einen moralischen Impetus gegeben, der vor allem auf die rebellierende Jugend der sogenannten 68er-Generation äußerst anziehend wirkte.

Eine SPD aber, die Krieg als Mittel der Politik akzeptiert, braucht im Spektrum der deutschen Politiklandschaft wirklich niemand.

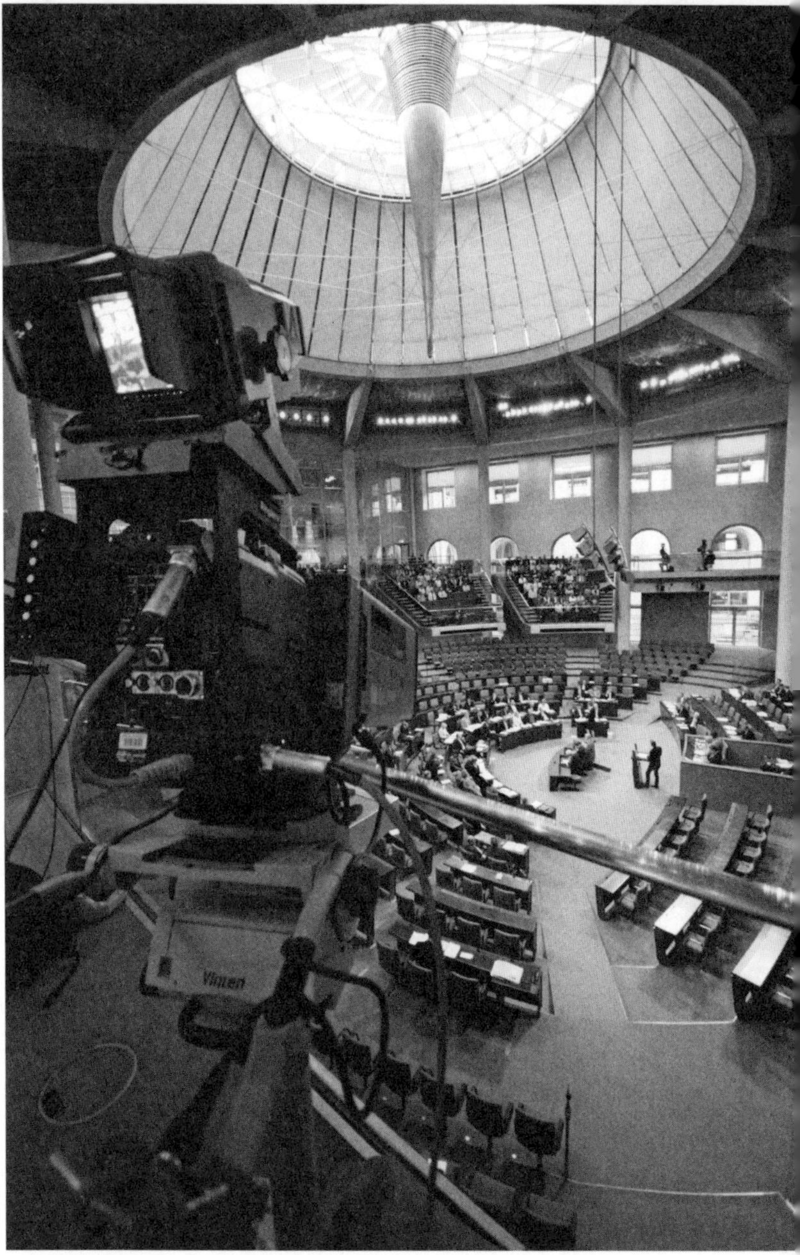
Vinten

Parteiendemokratie am Ende?

Immer drängender stellt sich die Frage, ob der Niedergang der sozialdemokratischen Parteien nicht in Wahrheit nur ein Teilphänomen einer allgemeinen Erosion der klassischen europäischen Parteiendemokratie ist. Jedenfalls werden zumindest die »alten« Großparteien zunehmend durch Organisationsformen ersetzt, die eher Bewegungscharakter haben, als dem klassischen Parteienmuster zu entsprechen.

Für die selten gewordenen Kenner abendländischer Geschichte sei darauf hingewiesen, dass es erstaunliche Parallelen zu den Entwicklungstendenzen in der Spätphase der römischen Republik gibt. In dieser Zeit wurde der klassische Gegensatz der politischen Parteien der Plebs und der Aristokratie abgelöst durch personenbezogene Gefolgschaftsverhältnisse.

So erscheinen auf der politischen Bildfläche »Marianer«, »Pompejaner«, »Cäsarianer«. Dies war auf der einen Seite nur eine Zuspitzung des ohnehin in der römischen Gesellschaft dominierenden Klientelsystems, vor allem aber war es wohl Ausdruck der Tatsache, dass der institutionelle Aufbau der römischen Republik den durch die imperiale Ausdehnung entstandenen Verhältnissen nicht mehr entsprach. Unsere heutigen neoliberalen »Vordenker« würden davon schwadronieren, dass die Verhältnisse einfach zu komplex geworden seien.

Die völlige Unterwerfung unter die angeblich schicksalshafte Entscheidungsmacht der Finanzmärkte, die sowohl für die SPD wir für die CDU in den letzten 15 Jahren kennzeichnend ist, braucht in der Tat keine klassische Parteienstruktur mehr.

Der Verzicht auf jeden ideellen Kern und erst recht auf einen umfassenden Gestaltungsanspruch von Ökonomie und Gesellschaft macht auch das demokratische Ringen innerhalb und zwischen den Parteien obsolet. Das Credo des neoliberalen Politikverständnisses ist das »Muddling-Through«. Dieses »Sich-Durchwursteln« entlang kurzfristigst kommender und gehender, oft nur medial erzeugter (Schein-)Gegebenheiten, lässt natürlich die Wählerschaft in völliger Orientierungslosigkeit zurück. Von daher ist es mehr als naheliegend, Orientierung anhand von Personen zu suchen, die, unterschiedlich in ihrem jeweiligen Charisma, blindes Vertrauen beanspruchen. Eine um Inhalte und Zukunftskonzepte ringende demokratisch verfasste Partei ist für solche personenbezogenen Gefolgschaftsverhältnisse nur lästig bis hinderlich.

Sie ist im Übrigen auch für das digitalisierte finanzmarktkapitalistische System überaus lästig und hinderlich. Dieses System verlangt eine sehr schnelle und kurzfristige Anpassungsfähigkeit. Die kann man problemlos von einem »Führer« oder einer »Führerin« bekommen, aber niemals in dem quälend langsamen Meinungsbildungsprozess einer demokratisch verfassten Partei.

Schon deshalb entsprechen das Modell Trump wie das Modell Macron viel besser diesen Bedürfnissen des Finanzmarkts.

Im alten Rom mündete dieser Entdemokratisierungsprozess konsequenterweise in die Diktatur. Heute könnten wir uns am Vorabend der absoluten Herrschaft faschistoider Autokraten befinden.

Es ist nur logisch, dass solche Führersysteme dann besonders erfolgreich sind, wenn sie sich durch völkische, rassistische und nationalistische Gefühlswallungen und Ressentiment zusätzlich affirmieren können.

Natürlich ist Donald Trump eben kein grenzdebiler Clown, wie sich die linksliberale Schickeria gern einreden möchte, sondern sozusagen absolut auf der Höhe der Zeit. Schwer vorstellbar, dass die dem politischen Liberalismus verhafteten Macrons und Merkels diesem neuen Phänotypus des spätkapitalistischen Machthabers gewachsen sein könnten, zumal sie von kleineren Ausgaben des tyrannischen Erfolgstyps in Polen, Ungarn, der Türkei und jetzt auch noch in Italien umgeben sind.

Schon gar nicht ist nennenswerter Widerstand von Parteien wie der SPD in Deutschland, der PD in Italien oder der PSOE in Spanien zu erwarten. Diese Parteien verfügen weder über charismatische Führungsfiguren noch über identitätsstiftende Inhalte und Überzeugungen.

Wenn überhaupt können sich nur politische Formationen, die eine klare Orientierung in der sozialen Frage mit einem humanistischen ideellen Kern und einem überzeigenden Realisierungskonzept verbinden, dem faschistoiden Zug der Gesellschaft in den Weg stellen.

Viel größer ist allerdings die Wahrscheinlichkeit, dass ideologisch aufgeladene autokratische Herrschaftssysteme ihre Endschlachten auf diesem Planeten austragen werden. Diese, nicht unrealistische, Perspektive macht die selbstverschuldete Verzwergung der europäischen und deutschen Sozialdemokratie erst recht zu einem Anlass für tiefe Trauer.

Da nun aber die SPD wohl ultimativ in die Hände karrieristischer Seilschaften und Netzwerke gefallen ist und sich, wie Jürgen Trittin im August 2018 feststellte, in einer babylonischen Gefangenschaft der Merkel-CDU eingerichtet hat, werden sich diese Seilschaften um die besten Beutestücke aus der machtpolitischen Restmasse und die damit verbundenen Pfründe streiten.

Umso schärfer stellt sich die Frage nach einer politischen Alternative. Leider bieten sowohl die Grünen als auch DIE LINKE derzeit nicht gerade Anzeichen großer Hoffnung.

In der Partei DIE LINKE rivalisieren die Romantiker*innen eines humanistischen »Weltbürgertums«, das vielleicht irgendwann aus dem katastrophalen Ende eines Dritten Weltkrieges hervorgehen mag, mit den realitätsbezogeneren Kräften, die wissen, dass das deutsche Proletariat, das jetzt Prekariat heißt, für die Idee einer unbegrenzten Zuwanderung nicht zu gewinnen ist. Dieses neue Dienstleistungsproletariat spürt nur zu gut, dass unter den herrschenden Machtverhältnissen in Ökonomie und Gesellschaft unbegrenzte Zuwanderung zwingend zunächst zu noch mehr Ausbeutung aller, ob deutscher oder migrantischer Herkunft, führen wird. Es wird eben nicht der schöne Götterfunken der Freude erscheinen, der alle zu Schwestern und Brüdern macht, sondern der jetzt schon eröffnete tagtägliche Existenzkampf in sklavenhaften Tagelöhnersystemen. Genau diese Verhältnisse, verbunden mit den Abstiegsängsten der »Arbeiteraristokratie« und des Kleinbürgertums sind die Melange, aus der die Naziherrschaft entstanden ist und wieder entstehen kann. (Und wehe erst, wenn das deutsche Wirtschaftsmodell in seiner Exportabhängigkeit zusammenbrechen sollte.)

Die erste und überragende Notwendigkeit ist es deshalb, die bereits jetzt hier lebenden Sklavinnen und Sklaven politisch zu organisieren und kampffähig zu machen. Das ist schwer genug bei Menschen, die sich nach zwei oder drei »Jobs« gerade noch so vor den Fernsehapparat schleppen, um dort weiter verdummt zu werden.

Bekanntermaßen werden solche Richtungskämpfe, wie derzeit bei der LINKEN, noch durch den persönlichen Ehrgeiz einzelner und ihrer jeweiligen Entourage befeuert.

Oskar Lafontaine

Als neugewählter Landesvorsitzender der SPD Baden-Württemberg reiste ich 1987 nach Saarbrücken, um dem Ministerpräsidenten des Saarlandes und stellvertretenden Parteivorsitzenden Oskar Lafontaine einen quasi Antrittsbesuch abzustatten. Die saarländische Staatskanzlei, ein Bungalow, ähnelte eher dem Privatwohnsitz eines mittleren Stahlmanagers als einem Zentrum von Staatsmacht.

Ich passiere drei beeindruckende Vorzimmer und finde mich auf einer schwarzen Ledercouch wieder. Ich gehe davon aus, einige Zeit auf den großen Meister warten zu müssen, aber er erscheint nach fünf Minuten, bewaffnet mit dem größten Cognacschwenker, den ich bis dahin gesehen habe. Ich beschließe, nur in der Relation 1:2 mitzutrinken. Es wird mir nichts nützen.

Wir besprechen uns über die Lage der Partei und die aktuelle strategische Situation. Wir verstehen uns auf Anhieb. Das ist sehr verständlich, denn wir haben eine ähnliche Vorprägung. Alleinerziehende Mutter, katholisches Bildungsmilieu, Begeisterung für die Ideale der Aufklärung und der Französischen Revolution. Oskar

Lafontaine hat eindeutig das höchste und umfassendste Bildungsniveau aller Sozialdemokrat*innen, die mir im Lauf meines Lebens begegnet sind. Er ist Naturwissenschaftler mit einer umfassenden Kenntnis von Philosophie und Geschichte.

In Frankreich hätte man ihn als Linksgaullisten identifiziert, sieht man von seiner tiefgreifenden Ablehnung alles Militärischen ab. Letztere kann übrigens in geradezu kabaretthaften Sarkasmus münden. So brachte es der saarländische Ministerpräsident in der Tat fertig, anlässlich eines Saarlandtages eine Batterie schöner Hühner eines Geflügelzüchtervereins salutierend zu grüßen, nachdem er beobachtet hatte, dass die anwesenden französischen Offiziere den Vorbeimarsch ihrer Soldaten salutierend gegrüßt hatten.

Mitten in unserem Gespräch wird ein Anruf des SPD-Vorsitzenden Hans-Jochen Vogel durchgestellt. Ich stehe auf, um das Gespräch nicht zu stören, doch Lafontaine bedeutet mir, doch sitzen zu bleiben. Lafontaine und Vogel besprechen geschäftsmäßige Fragen und ich horche erst auf, als mein Gastgeber Grüße von mir ausrichtet und dies mit der Bemerkung garniert, ich sei auch der Meinung, dass er Vogel als Parteivorsitzenden ablösen solle.

Soviel Chuzpe ist schon umwerfend. Ich bin vereinnahmt, falls ich es nicht ohnehin schon war, mein Verhältnis zu Vogel ist ab jetzt ein ganz besonderes. Ich weiß nicht, ob ich wütend oder beeindruckt sein soll. Am Ende überwiegt letzteres.

Dass dieser Mann später den Machtkampf mit Gerhard Schröder verlieren sollte, hätte ich damals für nicht vorstellbar gehalten.

Einige Jahre später werden wir uns in einer entscheidenden Phase der Geschichte der SPD wieder begegnen. Dieses Mal in der »Baracke«, also der Parteizentrale der SPD in Bonn. Es geht um die Frage der Kanzlerkandidatur. Ich rede mit Engelszungen auf Lafontaine ein, sich umgehend positiv zu entscheiden und eine entsprechende Empfehlung des Parteivorstandes herbeizuführen. Ich garantiere, dass es eine deutliche Mehrheit geben wird.

Diese Entscheidung ist notwendig und nachgerade überreif, denn der Linken in der SPD läuft buchstäblich die Zeit davon. Gerhard Schröder befindet sich vor dem Niedersachsenwahlkampf. Es ist mehr als klar, dass sein absehbarer Wahlerfolg von einer starken, vom »Spiegel« angeführten Medientruppe in ein Plebiszit in der Frage der Kanzlerkandidatur umgedeutet werden wird.

Hätte ich noch den Lafontaine von damals in Saarbrücken vor mir, wäre dieser unzweifelhaft der Strategie eines solchen Präventivangriffs gefolgt. Stattdessen sehe ich mich einem zaudernden, tief verunsicherten Mann gegenüber. Nichts mehr von dem Lafontaine, der in einem Parforceritt auf dem Mannheimer Parteitag den Parteivorsitz eroberte – justament zu dem Zeitpunkt, da ich die Parteitagsleitung hatte.

Das Attentat im April 1990, die Schere im Hals, die Begegnung mit dem Tod haben aus ihm einen anderen gemacht. Natürlich, der Wahlkampf gegen Kanzler Kohl wäre schwer geworden. Nach einem innerparteilichen Sieg über den Medienliebling Schröder, bekämpft vom großen Geld, voraussichtlich mit Mitteln aus der untersten Schublade, möglicherweise bar jeder Unterstützung aus dem linksliberalen Medienlager.

Aber Helmut Kohl war weit jenseits seines Zenits anlässlich der deutschen Einheit. Seine Versprechungen von den blühenden Landschaften waren nicht eingetreten. Lafontaine hatte mit seinen Prophezeiungen über den ökonomischen Gang der Dinge nicht nur im Osten Deutschlands Recht behalten.

Aber es ging wohl über die damalige Kraft des Oskar Lafontaine. Er wollte an einen möglichen Deal mit Schröder glauben, der unweigerlich in seiner eigenen vollständigen Niederlage enden musste. Denn alles danach, nach dem Wahlsieg des Wunschkandidaten der deutschen Wirtschaft, war nur noch die Abwicklung Lafontaines als Folge dieser einmaligen Fehlentscheidung, die auch die Phase des endgültigen Niedergangs der SPD eingeleitet hat. Natürlich hatte ihm Schröder das Blaue vom Himmel herunter versprochen, aber spätestens nachdem im November 1998 das britische Boulevardblatt aus dem Murdoch-Medienkonzern »The Sun« Lafontaine mit der Schlagzeile »Is THIS the most dangerous man in EUROPE?« und einem Foto zum gefährlichsten Mann Europas ernannt hatte, galt das nicht mehr. Eine Politik gegen die deutsche Wirtschaft ist mit mir nicht zu machen, soll Schröder in der entscheidenden Kabinettssitzung gesagt haben. Lafontaine trat zurück, auch als Parteivorsitzender, was vielleicht ein Fehler war.

Für Schröder galt nur noch das Motto seines gesamten Politikerlebens: »Wes Brot ich ess, des Lied ich sing«. Und das gilt wahrlich so bis auf den heutigen Tag.

Die 68er

Als ich, nach 18 langen Monaten der bundesrepublikanischen Armee entronnen, mein Studium der Rechtswissenschaften in Tübingen beginne, fühlt sich das Leben an wie ein einziger Freiheitsrausch.

Das Bundeswehrdasein hat mich meine erste große Liebe gekostet, jeglicher Illusion über menschliche Solidarität in einem System von Befehl und Gehorsam beraubt und am Ende zum begeisterten (Gefühls-)Linken werden lassen. Ich kann es kaum erwarten, mich jenem sagenumwobenen SDS (Sozialistischer Deutscher Studentenbund) anzuschließen, vor dessen Agitation sich meine Armeeoberen so gefürchtet haben.

Ich habe beschlossen, Jura zu studieren, in der Annahme, dass es sich um die eigentliche Herrschaftswissenschaft des politischen Systems handelt, gegen das ich nun rebellieren will.

Der SDS ist in Tübingen allerdings schon im Zerfall. Immerhin reichen seine letzten Zuckungen für das Erlebnis einer polizeilichen Prügelorgie anlässlich unseres Versuchs, eine Propagandaveranstaltung des südafrikanischen Apartheidsystems zu verhindern. Noch existent ist damals die Basisgruppe Jura, der ich mich sofort anschließe. Diese Basisgruppe wird dominiert durch eine arrogant-strenge Genossin, jedenfalls in den Momenten, in denen sie nicht mitsamt der Mehrheit dieser Truppe dem Trägheitsexzess des Marihuanarauschs verfallen ist. Welch' harte Korrektur meines durch mittelalterliche Ritterromane geprägten Frauenbilds.

Die Aktion gegen das Apartheidsregime wird noch angeführt von dem SDS-Bundesvorstandsmitglied Klaus Behnken, dem ich im Übrigen eine politische Weisheit verdanke, die sich in meinem Leben mehrfach bestätigt hat. Was meint ihr, fragte der Genosse Behnken uns APO-Novizen, was ein politisches Bündnis ist? Und teilt uns anschließend mit, ein politisches Bündnis sei ein Vorgang, bei dem sich zwei solange und so innig umarmen, bis einem von ihnen die Luft ausgehe.

Mangels SDS schließe ich mich der letzten in Deutschland noch bestehenden Gruppe der HSU (Humanistische Studentenunion) an. Dies bedeutet zunächst Besuch eines mehrwöchigen Seminars über das »Kapital« von Karl Marx. Das Seminar steht unter der Leitung eines sehr kenntnisreichen, wohlwollenden Hegemons, der schon äußerlich geradezu guruhafte Züge hat. Ihm verdanke ich meine Verwandlung vom Gefühlslinken zum Marxisten.

Die marxistische Herangehensweise erscheint mir heute mehr denn je zum Verständnis von Ökonomie und Gesellschaft geeignet. Zumal unter den derzeitigen

Gegebenheiten und angesichts des zutreffenden Verdikts eines bedeutenden Zeitgenossen, wonach Theologie vermutlich eine exaktere Wissenschaft als Volkswirtschaftslehre ist.

Während die APO sukzessive zerfällt, werde ich für die HSU AStA-Referent und danach Mitglied des Vorstands des AStA (Allgemeiner Studentenausschuss). Dieser AStA und das Studentenparlament (SP) waren damals ja noch echte Selbstverwaltungsgremien mit Geld und Befugnissen.

Das Verbot des Heidelberger SDS durch den sozialdemokratischen Innenminister Walter Krause führt zu einem letzten Aufbäumen der Studentenrevolte in Baden-Württemberg in Form eines landesweiten Hochschulstreiks.

Es gehört zu den Besonderheiten meines politischen Lebens, dass ich Jahre später als SPD-Landesvorsitzender eine Grabrede anlässlich der Beerdigung dieses Mannes halten werde.

Trotz unseres Streiks, den wir an fast allen Fakultäten, außer der medizinischen, durchsetzen, besteht der Professor, der das für Juristen obligatorische Volkswirtschaftslehreseminar leitet, auf der Durchführung der Abschlussprüfungen seines Seminars. Ich begehe eine lässliche Straftat, indem ich zusammen mit anderen mithilfe von Buttersäure das für die Abschlussklausur vorgesehene Gebäude unbetretbar mache.

Die Reaktion der Hochschulleitung besteht in der Verlegung der Klausur in einen Saal des burgartigen Schlosses Hohentübingen. Selbiges betreten wir über eine Brücke, die zum Schutz der öffentlichen Sicherheit und Ordnung von einer Hundertschaft der baden-württembergischen Bereitschaftspolizei flankiert wird, die dann auch die Rückwand des Klausursaals besetzt.

Nach Ausgabe der Arbeitsunterlagen beginnt mein Mitgenosse Albrecht Koschützke die Prüfungsaufgaben unter Protestrufen zu zerreißen, während er gleichzeitig die unter seinem Tisch liegenden Tränengaspatronen zertritt. Auch dieser Genosse wird mir, noch viele Jahre später, als Abteilungsleiter der Friedrich-Ebert-Stiftung wiederbegegnen. Am Ende gelingt es der Staatsmacht jedoch, die Durchführung dieser Klausur im wahrsten Sinne des Wortes »unter Tränen« zu erzwingen.

Mir selbst wird es später gelingen, eine Vorlesung des Dekans der juristischen Fakultät zu verhindern. Auch er wird mir nicht lange danach als Chef meiner Prüfungskommission wiederbegegnen, was die Tatsache, dass ich kein Prädikatsexamen erreichen konnte, teilweise erklären mag.

Unter diese Wiederbegegnungen möchte ich noch den Freidemokraten Martin Bangemann einreihen, den ich als fulminanten Verteidiger in einem Strafprozess wegen des Vorwurfs des Landfriedensbruchs erlebt habe (Anlass war ein versuchter Sturm auf das Amerikahaus in Tübingen). Damals habe ich Martin Bangemann allen Ernstes für einen durch und durch linken Juristen gehalten.

Zuletzt erwähnt sei noch Jörg Lang, den ich in seiner Tübinger Zeit als schwächlichen Linksliberalen beschimpft habe und der mir viele Jahre später – er hatte eine lange Zeit im Orient verbracht, um den Eintritt der Strafverfolgungsverjährung im Zuge der RAF-Prozesse abzuwarten – als DKP-Mitglied und Eigentümer eines schwäbischen Reihenhauses wieder erschienen ist.

Als die wichtigste all dieser Wiederbegegnungen erscheint mir heute die mit meinem Freund Hermann Scheer, der mich in jenen tollen Tübinger Tagen allerdings nur in der Form kennengelernt hat, dass er als Vorsitzender des Studentenparlaments der Universität Heidelberg meine Solidaritätsadresse wegen des Heidelberger SDS-Verbots verlesen hat.

Hermann Scheer war und ist für mich der Inbegriff des aufrichtigen linken Sozialdemokraten, der bis zu seinem viel zu frühen Tod die Hoffnung auf die Veränderbarkeit der SPD nicht aufgegeben hat. Dass seine Tochter Nina nun für die Sozialdemokraten im Bundestag sitzt, ist einer der wenigen Lichtblicke in der derzeitigen Dunkelheit der SPD.

Wie schnell und wie tief die studentische Protestbewegung nach dem durch die Hetze der Springer-Presse maßgeblich mitbewirkten Beinahemord an Rudi Dutschke sinken konnte, musste ich am Niedergang eines Teils des Tübinger SDS hautnah erleben. Die dumpfe fanatisierte Haltung der sogenannten Marxisten-Leninisten, die fernab jeder kritischen Reflexion nicht nur Mao, sondern sogar den Massenmörder Stalin anbeteten, bleibt mir in tiefer Erinnerung.

Es ist beeindruckend, wenn man einen Trotzkisten mit dem netten Spitznamen »Bomben-Peter« mit zwei Mann Leibwache ausstatten muss, damit er nicht von den »Maos« zusammengeschlagen wird. (Der Gute ist übrigens auf seine alten Tage in die WASG und DIE

LINKE eingetreten.) Und es ist noch beeindruckender, des Morgens im Briefkasten einen Zettel zu finden, auf dem geschrieben steht: »Maurer tritt zurück, oder wir schlagen Dir die Fresse ein!«

Letztlich aber hat dieser Verfall der APO einer SPD, der damals latent die Vergreisung drohte, eine politische Blutzufuhr geschenkt, die die Mehrzahl ihrer Funktionäre als bestenfalls das erlebte, was man in der juristischen Fachsprache als aufgedrängte Bereicherung bezeichnen würde.

Dass Willy Brandt diese »Bereicherung«, maßgeblich beeinflusst durch Menschen wie Egon Bahr und Horst Ehmke, zugelassen hat, ist nur einer seiner Verdienste. Wer ihm damals als rebellischer Juso begegnen durfte, spürte förmlich seine tiefe Sympathie für diese jungen Leute, die denselben Träumen anhingen, die er selbst in seiner politischen Jugend hatte.

Diese aus der eigenen Lebensgeschichte resultierende Grundsympathie war sogar dem autoritär knorrigen Herbert Wehner nicht fremd, als er einen Beschluss des Juso-Bundeskongresses zur Vergesellschaftung der Produktionsmittel mit dem Satz kommentierte: »Ihr müsst nur wissen, wen ihr da herauskitzelt«.

Wie Recht er mit dieser Warnung hatte, konnte man am Ausmaß der Reaktion des Kapitals alsbald feststellen. Die neuen Thinktanks und Agitationsplattformen wie die Bertelsmann Stiftung oder die Initiative Soziale Marktwirtschaft haben ganze Arbeit geleistet und nicht nur die deutsche Hochschullandschaft zu einem einzigartigen Hort des neoliberalen Denkens umgepflügt. Selbst in den USA gibt es Lehrstühle für marxistische Ökonomie – in Deutschland aber ist die Volkswirtschaftslehre derartig durch die Epigonen der Mont Pèlerin Society beherrscht, dass sogar durch und durch Kapitalismus bejahende Neo-Keynesianer als quasi Linksradikale daherkommen.

Der SPD wandte sich beileibe nicht die Mehrheit der studentischen Protestbewegung zu. Es waren vor allem die Töchter und Söhne aus Arbeiter- und Angestelltenfamilien, die ihre strategische Hoffnung auf die Veränderbarkeit der SPD richteten.

Die Sozialisation in (Klein-)Bürgerlichkeit eröffnete dagegen anderen ganz andere Lebenswege. Im Bürgertum werden ja anarchische Ausbrüche des Nachwuchses durchaus toleriert, solange sie am Ende dann doch wieder im bourgeoisen Heimathafen enden.

Man kann also als Pflastersteine werfender Metzgersohn durchaus am Ende Außenminister werden, sofern man rechtzeitig auf den bürgerlichen Weg zurückfindet. Diesen Weg sind nicht wenige gegangen, und die Grünen waren als Abklingbecken für ehemalige Revoluzzer sehr geeignet. Schließlich sind sie in ihrem heutigen Zustand ja nachgerade die kollektive Form der Beerdigung der Ziele und Träume der APO geworden.

Einige wenige dieser Bürgerkinder sind in Gestalt der RAF regelrecht der revolutionären Paranoia verfallen. Wieder andere sind im dumpfen Sektierertum steckengeblieben und fristen auf ihre alten Tage ihr politisches Leben in Parteien wie der MLPD, wobei man ihnen zugutehalten sollte, dass sie wenigstens nicht den Weg der persönlichen Bereicherung gewählt haben.

Der kleinere Teil der APO, der über SHB (Sozialdemokratischer, ab 1972 Sozialistischer Hochschulbund) oder über die Jusos den »Marsch durch die Institutionen« angetreten hat, ist nach großen Anfangserfolgen aus historischer Sicht krachend gescheitert, wie man heute resignierend feststellen muss. Dass es dazu kommen sollte, hat vielfältige Ursachen.

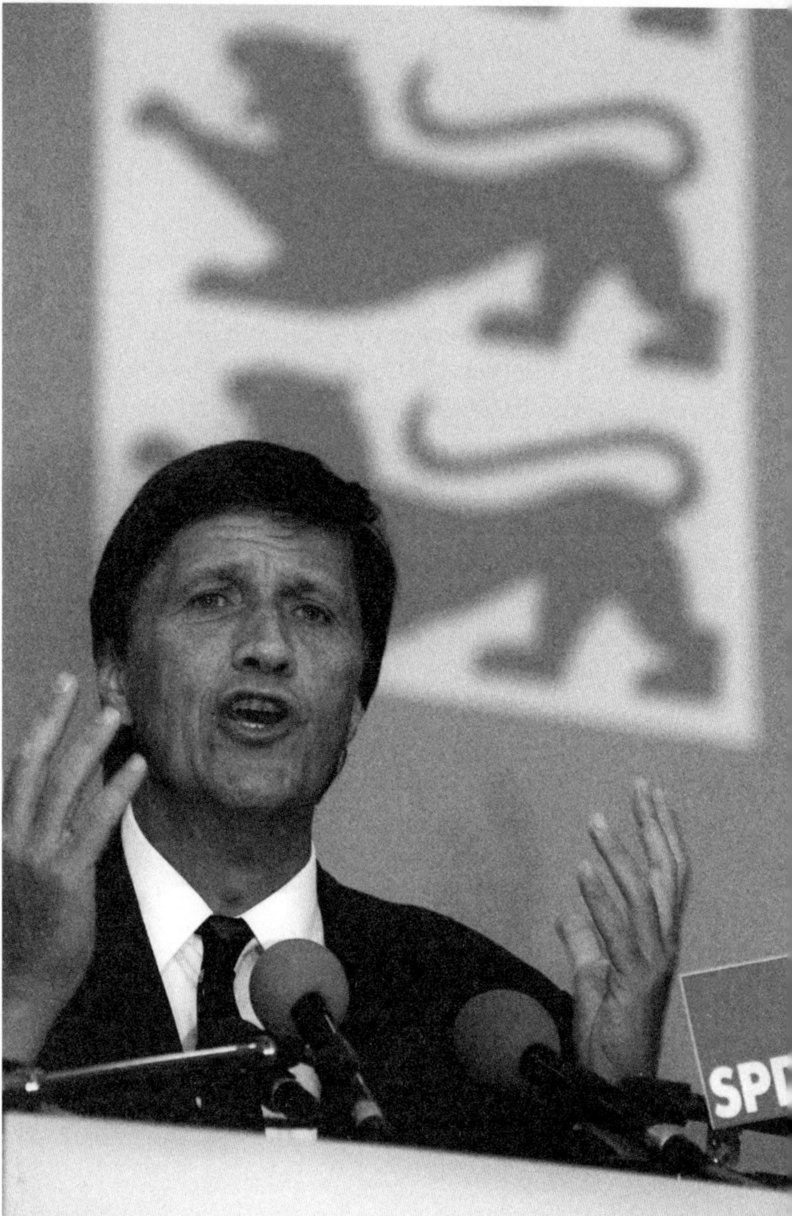
SPD

Die SPD im Südwesten

Die SPD Baden-Württemberg war Ende der 60er Jahre des vorigen Jahrhunderts, als ich Mitglied wurde, eine durchaus bunte Erscheinung. Der dominierende rechte Flügel der Partei hatte seinen Frieden mit dem Kapitalismus gemacht. Aus den alten Zeiten war ihm ein teilweise rigider Atheismus geblieben, der die Partei in weiten Teilen des Landes schier unwählbar machte. Dieser rechte, überaus autoritäre Flügel, angeführt von emporgekommenen Lehrern, befand sich in einer merkwürdigen Koexistenz mit einer von Willi Bleicher geprägten, eher linken IG Metall.

Diese Koexistenz bestand im Wesentlichen darin, dass man sich gegenseitig gewähren ließ. Bindemittel war immerhin die allgegenwärtige Furcht vor kommunistischen Umtrieben. Dieses tiefsitzende Ressentiment war überaus prägend, entstanden aus der Negativerfahrung des Stalinismus, aber auch aus der Verdrängung des eigenen Verrats an den Zielen und Idealen der Arbeiterbewegung während und nach dem Ersten Weltkrieg.

Unter diesen Voraussetzungen hatte die Auseinandersetzung mit der das Land beherrschenden CDU un-

SPD-Ergebnisse bei Landtagswahlen in Baden-Württemberg

Jahr	Stimmenanteile	Sitze
1952	28,0%	38
1956	28,9%	36
1960	35,3%	44
1964	37,3%	47
1968	29,0%	37
1972	37,6%	45
1976	33,3%	41
1980	32,5%	40
1984	32,4%	41
1988	32,0%	42
1992	29,4%	46
1996	25,1%	39
2001	33,3%	45
2006	25,2%	38
2011	23,1%	35
2016	12,7%	19

ter Führung des ehemaligen Marinerichters und Nazikollaborateurs Hans Karl Filbinger eher den Charakter eines Kulturkampfs als einer Klassenauseinandersetzung.

Denn in der Bejahung des kapitalistischen Systems, als vermeintlichem Fortschrittsmotor, war man sich durchaus einig. Mehr noch, die damalige Mehrheits-SPD hatte in dieser schon geradezu romantischen Fortschrittsgläubigkeit die CDU eher noch übertroffen. Das Ganze gipfelte in absurden Vorstellungen, welchen

Segen die friedliche Nutzung der Atomenergie über die Menschheit bringen würde, und in einer Orgie von Straßenbau nach US-amerikanischem Vorbild.

Diese Mischung aus Wachstumsfetischismus und romantischer Anbetung sogenannter Fortschrittstechnologien findet ja derzeit durchaus ihre Entsprechung bei den neuen Prophetinnen und Propheten der Menschheitsbeglückung durch die sogenannte digitale Revolution.

Soviel Arrangement mit dem Kapital, soviel blinde Wachstumsgläubigkeit, gepaart mit innerparteilichem Autoritarismus, musste geradezu naturnotwendig zur Entstehung von Gegenbewegungen führen. Dabei entstand ein durchaus heterogenes innerparteiliches Oppositionsgebilde. Vereinfacht gesagt, rief der Autoritarismus einen linksliberalen, der Fortschrittsglaube einen aus dem Protestantismus getragenen wachstumskritischen Reflex hervor.

Hinzu kam die Kapitalismusablehnung eines marxistisch geprägten Teils der 68er-Bewegung, der sich strategisch für den Marsch durch die Institutionen der SPD entschieden hatte. Natürlich waren diese Gegenbewegungen in jenen Landesverbänden der SPD schneller erfolgreich, die sich mit geringerer Organisationsstärke in der politischen Diaspora befanden. Ausnahme dieses Fakts ist der SPD-Bezirk Hessen-Süd, der die prokapitalistische Wende der SPD nach Godesberg ohnehin nicht vollkommen mit vollzogen hatte. – So wie es überall noch einige Reste alter Marxisten gab, die nun aus ihrer verfemten Randlage befreit wurden (Jochen Steffen in Schleswig-Holstein und Harry Ristock in Berlin).

Die links- und ökoliberale Opposition gegen die autoritäre Dominanz des rechten Parteiflügels hatte sich im sogenannten Tübinger Kreis zusammengefunden. Neben einem Radikal-Linksliberalen wie Peter Conradi fanden sich dort im Wesentlichen öko-liberale Protestanten, vornweg Erhard Eppler neben Herta Däubler-Gmelin und Ulrich Lang.

Dieses politische Milieu war de facto die Vorläuferbewegung der Grünen. Es mischte sich Wachstumskritik mit einem religiös abgeleiteten Impetus zur Bewahrung der natürlichen Lebensgrundlagen. Hinzu kam ein stark antiautoritäres Element, die Bindung an eine aufgeklärte Bürgerlichkeit mit moralischem Anspruch, ein globales Gerechtigkeitsdenken, das sich an die von Willy Brandt aufgeworfene Nord-Süd-Frage anlehnte, insgesamt also eine geradezu ideale Mischung für eine Keimzelle der nachmaligen Grünen.

Negativ ging das einher mit einer völligen Fremdheit gegenüber den Lebensbedingungen und dem Lebensgefühl der Arbeiterschaft. Deren durchaus auch intellektuelle Speerspitze war Franz Steinkühler, damals Bezirksleiter der IG Metall, später deren Erster Vorsitzender – ein Mann mit der Qualifikation für höchste politische Führungsfunktionen, hernach gescheitert an einem Anfall von kleinbürgerlicher Raffgier.

Zwischen diesen gegensätzlichen Milieus, von teetrinkenden, raucherfeindlichen Ökoliberalen auf der einen Seite und zum Teil marxistisch Geschulten, im gewerkschaftlichen Verteilungskampf erprobten Rauchern und Biertrinkern auf der anderen Seite, fanden die Jusos der 68er-Generation sich zunächst schwer zurecht.

Es kostete viel Zeit, zwischen Personen wie Eppler und Steinkühler zu vermitteln, und doch gelang es diesem heterogenen Bündnis, die Herrschaft der Parteirechten zu beenden.

Mitglieder des SPD-Landesverbands Baden-Württemberg

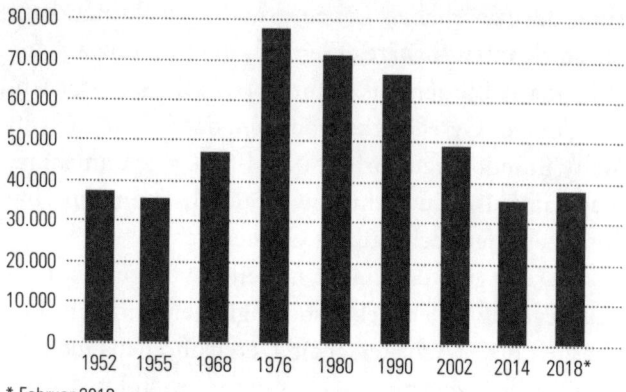

* Februar 2018

Nach einem Zwischenregiment des redlichen Protestanten Ulrich Lang gelangte die Juso-Generation Scheer, Maurer, Spöri an die Spitze der SPD in Baden-Württemberg. Diese linke SPD in Baden-Württemberg bildete zusammen mit der SPD in Hessen-Süd und Schleswig-Holstein den Kern der Opposition gegen die Politik des Kanzlers Helmut Schmidt. Diese neue, im APO-Milieu der 68er politisierte Juso-Generation, die sich nach und nach auch in anderen SPD-Bezirken teilweise durchsetzte, war, im Unterschied zur verbreiteten Unterwerfungs- und Anbiederungsmentalität der alten Mehrheits-SPD, selbstbewusst, geradezu arrogant und von einem Machismo, der aus heutiger Sicht doch sehr befremdet.

In ihren führenden politischen Figuren war schon der Zwiespalt zwischen linkem Veränderungs- und rigorosem persönlichen Aufstiegswillen angelegt. Letzterer wird sich in der Person des Gerhard Schröder am Ende manifestieren, und dieser hemmungslose Karrierismus ist ein wesentliches Momentum im Abstieg der SPD.

Hans Modrow

Nicht einmal zwei Jahre vor der sogenannten Wende erreichte mich die Bitte des Parteivorsitzenden der SPD, Hans-Jochen Vogel, den Chef der SED im Bezirk Dresden, Hans Modrow, zu besuchen. Ich trete die Reise in Begleitung meiner damaligen Ehefrau an und komme nach einigen Stunden auf einem Parkplatz in der Nähe des Dresdner Altmarktes an. Dort treffen wir zunächst – mein erster Eindruck von der DDR – auf einen Parkwächter, der dringendst an einer Bezahlung in Westdevisen interessiert ist. Weiter geht es dann zum Gästehaus der SED-Bezirksleitung im Stadtteil Weißer Hirsch.

Diese Villa verströmt den geballten Charme eines westdeutschen Heimatfilms der 50er Jahre des vorigen Jahrhunderts. Auch das Interieur verkörpert wahrhaften Gelsenkirchener Barock. Empfangen werden wir von einem Haushofmeister, der sich durch eine seltsame Mischung aus korrektem Benehmen und mühsam verborgener Abneigung auszeichnet. Gelegentlich befällt mich noch heute der Gedanke, welchen Rang in der Staatssicherheit er wohl gehabt haben mag.

Auf dem terrassenförmigen Balkon kommt es zur ersten Begegnung mit Hans Modrow. Die Luft ist geschwängert von süßlichem Duft, offensichtlich irgendeiner Nahrungsmittelproduktion, der auch ansonsten die Stadt umhüllt. Der 1. Sekretär ist nicht minder korrekt, aber freundlich. Ich empfinde auf Anhieb Sympathie für diesen Mann, dem ich bis heute freundschaftlich verbunden bin. Ich denke, das hat schon damals auf Gegenseitigkeit beruht. Wir tauschen erste Gedanken aus und es wird sehr schnell klar, dass dies eine Begegnung von zwei linken Politikern mit allerdings sehr unterschiedlichen Erfahrungen und kulturellen Prägungen ist.

Im späteren Verlauf unserer Gespräche werde ich ihm einmal vorschlagen, die Häuser in Sachsen einfach mit bunten Farben freundlicher zu machen, und er wird mir nüchtern mitteilen, dass die DDR nicht über die erforderlichen Pigmente verfüge. Diese Tatsache macht mich bis heute sprachlos, zumal wir am nächsten Tag die neuerrichtete Semperoper besichtigen, deren Symbiose von Kunst und Handwerk zu Recht der ganze Stolz des SED-Chefs ist.

Ohnehin kreisen unsere folgenden Gespräche oft um die Möglichkeiten und Grenzen sozialistischer Planwirtschaft. Vor allem aber geht es um die Frage, wie in der Ära des Michael Gorbatschow die neuen Chancen für eine vertiefte Politik der Entspannung und Zusammenarbeit genutzt werden können. Keiner von uns beiden ahnt, dass zwei Jahre später diese

Ära in die de facto Übernahme der DDR durch die BRD münden wird.

Hans Modrow glaubt zutiefst an die Möglichkeit einer positiven Entwicklung seiner Republik, weil er sich von Gorbatschow sehr viel erwartet. Ein Stück weit ist unsere Begegnung die eines realistischen Optimisten mit einem realistischen Pessimisten. Leider werde ich Recht behalten.

Ich erinnere mich, dass ich einige Wochen später zu Dieter Spöri, meinem damaligen Tandempartner in der Zeit der Großen Koalition in Baden-Württemberg, gesagt habe, dass ich glaube, dass Gorbatschow als der Totengräber der Sowjetunion in die Geschichte eingehen wird.

Hans Modrow drückt sich bei aller vorsichtigen Offenheit in jener für einen Wessi kryptischen Sprache aus, die mir später in der Gründungsphase der Partei DIE LINKE immer wieder begegnen wird. Eine Sprache voller versteckter, auf die Kante gesetzter Andeutungen und unterlegter Botschaften, die, nicht nur gelegentlich, zu fürchterlichen Missverständnissen führen kann.

Diese »Geheimsprache« ist ebenso kennzeichnend für die in der DDR entwickelte Unkultur des Misstrauens, wie das pseudo-englische Gelaber westdeutscher Aufsteiger kennzeichnend ist für die Unkultur des Westens mit seinem sinnentleerten, aber alles überwölbenden Narzissmus.

Anlässlich der deutschen Vereinigung prallen diese Unkulturen aufeinander. Ein ängstliches Duckmäusertum, hinter dem so viel zurückgestaute Wut steckt, und die dröhnende Prahlerei der Generation SABVA (Abkürzung für »sicheres Auftreten bei völliger Ahnungslosigkeit«) im westdeutschen Politikbetrieb.

Diese Generation SABVA wird wenige Jahre später in Gestalt von Versicherungsberatern, Gebrauchtwagenhändlern, Unternehmensberatern und aus westdeutschen Amtsstuben ausgesonderten Beamten die ehemalige DDR kolonialisieren. Sie wird mit Südfrüchten und Bananen Betrug, Bereicherung und Egoismus nach Ostdeutschland tragen und in der Melange mit dem lange vorgeprägten ostdeutschen Minderwertigkeitsgefühl jenes »Wutbürgertum« hervorbringen, das zum Nährboden der AfD geworden ist.

Anlässlich der Dampferfahrt auf der Elbe dämmert mir, dass es mit der DDR doch schneller zu Ende gehen könnte.

Der Kapitän dieses Schiffs äußert sich mit so abschätziger Wut über die Zustände in seiner Heimat, dass ich mich bis heute frage, ob es sich bei ihm um einen völlig aus der Rolle gefallenen Boten des nahenden Untergangs gehandelt hat, oder um einen klassischen Agent Provocateur. Jedenfalls nehmen Modrow und seine Umgebung dies wortlos zur Kenntnis.

Zur Vertiefung unserer Gespräche treffen wir uns im untersten Keller einer Weinstube unter vier Augen. Vielleicht ja ausnahmsweise abhörsicher.

Möglicherweise hat Modrow schon damals geahnt, dass er ein wichtiges Zielobjekt aller deutschen Geheimdienste ist, und wer weiß, was ihm widerfahren wäre, wenn es nicht die Wende gegeben hätte.

Einige Monate später kommt Hans Modrow zum Gegenbesuch nach Stuttgart. Empfangen durch den stellvertretenden Ministerpräsidenten Spöri und Blitzlichtgewitter. Spitzenvertreter der baden-württembergischen Industrie sondieren Geschäfte. Die CDU ist beleidigt, Modrow erstaunlich souverän. Wer weiß, was sich Erich Honecker und Erich Mielke darüber für Gedanken gemacht haben müssen. Wohl keine guten.

Die Erneuerung hat begonnen – die SPD löscht ihr Gedächtnis

Ende Juni 2018 erhält der Vorsitzende der Historischen Kommission der SPD, Bernd Faulenbach, Professor für Geschichte an der Ruhr-Universität Bochum, einen Anruf der neuen Parteivorsitzenden Andrea Nahles. Diese teilt ihm mit, dass sie im SPD-Parteivorstand die sofortige Auflösung der Historischen Kommission herbeiführen werde. Dies sei als Sparmaßnahme erforderlich.

Der aus allen Wolken gefallene Historiker gibt einige Tage nach diesem Beschluss dem Deutschlandfunk ein Interview, in dem er bemerkenswerte Erkenntnisse formuliert. So sagt Professor Faulenbach: »Die Entscheider im SPD-Vorstand, insbesondere die Mitglieder der jüngeren Generation, besitzen eine gewisse Geschichtslosigkeit. Die sind immer im Heute. Die haben kein Gestern und deshalb leider auch kein Morgen. Und das führt zu einer Kurzatmigkeit der Politik, die dann auch bedeutet, dass man Geschichte geringschätzt, aber zum eigenen Schaden, zum Schaden der eigenen Durchsetzungsfähigkeit.«

Ansonsten offenbarte Nahles dem Vorsitzenden der Historischen Kommission noch beiläufig, dass sie den Schatzmeister der SPD, Dietmar Nietan, damit beauftragen wolle, sich zusammen mit der Friedrich-Ebert-Stiftung um die Pflege des Geschichtsverständnisses der SPD zu kümmern.

Dass die Geschichte der SPD jetzt vom Schatzmeister, der nicht den geringsten Bezug zur Geschichtswissenschaft hat, verwaltet wird, ist schon eine echte Realsatire. Der Vorgang bestätigt aber auf grausame Weise die Diagnose des Professor Faulenbach. Und er offenbart das geistige Elend, in dem sich die derzeitige Führungsgeneration der SPD befindet.

Noch erhellender ist aber ein Blick auf die Projekte, die die Historische Kommission der SPD aktuell verfolgte. Geplant war nämlich eine Tagung zur Novemberrevolution 1918. Geht man davon aus, dass bei diesem Anlass eine wissenschaftlich exakte, vorurteils- und wertungsfreie Darstellung der damaligen Ereignisse stattgefunden hätte, wäre diese Tagung für die SPD und die bisher von ihr gepflegte Geschichtslegende außerordentlich schmerzhaft geworden.

Dieser Befund gilt vielleicht fast noch mehr für das Angebot der Kommission, eine historische Aufarbeitung der Entstehungsgeschichte der Agenda 2010 vorzunehmen. Man hätte als politischer Mensch in der Tat gerne eine wissenschaftliche Aufarbeitung der diesbezüglichen Vorgänge, vor allem der im Agenda 2010-Prozess wirkenden Kräfte, zur Kenntnis genommen. Eine solche Aufarbeitung hätte natürlich auch politische Schlussfolgerungen nahegelegt.

Beide Projekte hat sich die SPD-Führung jetzt, in des Wortes doppeltem Sinn, *erspart*. Wie heißt es so schön im Volksmund: »Was ich nicht weiß, macht mich nicht heiß.« Oder genauer, wer nichts sucht, kann auch nichts finden und hat kein politisches Problem mit dem Suchergebnis. Aber wie Andrea Nahles parallel zu diesem Vorgang zu behaupten, man habe einen politischen Erneuerungsprozess für diese Partei eingeleitet, ist an Dreistigkeit kaum mehr zu überbieten.

In Wahrheit befindet sich die SPD unter ihrer neuen Führung im absoluten Stillstand. Es bewegt sich schlicht nichts. Das war zwar auch unter Sigmar Gabriel schon so, wurde aber vordergründig durch die hektische Widersprüchlichkeit dieses Vorsitzenden kaschiert.

Das Tandem Nahles-Scholz ist im von widerstreitenden Strömungen erzeugten SPD-Magnetfeld schlicht zur Bewegungslosigkeit gezwungen, wenn es sich gefahrlos für die nächste Zeit an der Macht halten will.

Das gilt aber nur kurzfristig. Denn, wie heißt es so zutreffend: »In Gefahr und großer Not bringt der Mittelweg den Tod.« Das Gerede von der SPD als einem großen Tanker, der so schwer zu wenden sei, ist wohlfeil, denn der Tanker ist wegen eines schweren Maschinenschadens manövrierunfähig und seine Kapitäne wollen weder wissen, wie es zu diesem Maschinenschaden gekommen ist, noch haben sie irgendeine Idee, wie der Schaden behoben, geschweige denn wohin der Tanker nach behobenem Schaden gesteuert werden soll.

In dieser Lage, am bleiernen Ende der Ära Merkel, heißt das Zauberwort *Bewegung*. Und die Schicksalsfrage für die demokratische Linke in Deutschland und Europa lautet: Bewegt sich überhaupt noch etwas und wenn ja, wer und wie und wohin?

Aufstieg und Fall der SPD-Linken

Sucht man die Gründe für das letztendliche Scheitern der SPD-Linken, wäre zunächst die Tatsache zu nennen, dass die studentische Linke insgesamt nie, aber auch der auf die SPD orientierte Teil allenfalls begrenzt, den Anschluss an die Lebenswirklichkeit der Lohnabhängigen gefunden hat. Zu studieren bedeutete damals ja in Wahrheit in fast allen Fällen, ein höchst privilegiertes und im Vergleich zu heute sehr zwangfreies Leben zu führen.

Da hat man aus der Sicht der »Malocher« gut reden und in der Tat waren die politischen Strategien und Projekte der APO nur wenig und selten auf die reale Verbesserung der Lebenswirklichkeit der »Unterprivilegierten« – welch ein verräterisches Wort – ausgerichtet. Darüber hinaus trafen die sozialistischen Verheißungen der agitierenden Student*innen auf den, aus Erfahrung, zu Recht bestehenden Klasseninstinkt des Misstrauens gegenüber Bildungseliten.

Der zweite Grund für das letztliche Scheitern des von der APO inspirierten Aufbruchs der Linken in der SPD ist das, wie schon bei der gesamten APO, Fehlen eines stringenten Ansatzes für die Veränderung der ökonomischen Machtverhältnisse. Dabei war nicht die

Übernahme der marxistischen Analyse das Problem, sondern die Unfähigkeit, aus dieser Analyse heraus eine den realen Gegebenheiten der 1970er Jahre entsprechende Strategie zur Transformation der kapitalistischen Produktionsweise und ihrer Machtverhältnisse zu entwickeln.

Im Grunde genommen ist nicht nur die APO, sondern die gesamte »neue Linke« bis heute nicht über kulturrevolutionäre Erfolge hinausgekommen. Man ist deshalb aus derzeitiger Sicht geneigt, dieser gesamten Bewegung eher eine vorübergehende human-liberale Verbesserung der gesellschaftlichen Wirklichkeit zu bescheinigen, als eine auch nur ansatzweise Veränderung der politökonomischen Strukturen. Die Partei-Linke in der SPD hat wenigstens noch eine Debatte über eine mögliche investitionslenkende Rolle des Staates entfacht, aber auch diesen Ansatz im Kampf um die Gestaltung des Orientierungsrahmens '85 nicht durchsetzen können. Im Unterschied zur Erfindung der Agenda 2010 war allerdings die Debatte um diesen sogenannten Orientierungsrahmen noch ein offener innerparteilicher Diskurs.

Die Agenda 2010 wiederum war von Anfang an das Werk der Bertelsmann Stiftung, die ihre Vorschläge bezeichnenderweise in der Zeitschrift »Capital« publizierte, lange bevor die SPD unter dem Druck von Schröder das nahezu gleiche Elaborat absegnete.

Der Juso-Bundesverband zerfleischte sich derweil, gipfelnd auf dem Bundeskongress 1975 in Wiesbaden, im Kampf zwischen reformsozialistischen Kräften und der sogenannten »Stamokap«-Fraktion. Letztere, also die Anhänger der Theorie vom staatsmonopolistischen Kapitalismus (einer in der DDR entwickelten und über die DKP transformierten Kapitalismusanalyse), hatten außer der Hoffnung auf einen sozusagen schlagartigen Zusammenbruch des kapitalistischen Systems und seine anschließende planwirtschaftliche sozialistische Umgestaltung keine Strategie oder auch nur einen Diskussionsansatz zur Transformation von Ökonomie und Gesellschaft.

Ihr am Ende erfolgreiches Machtbündnis mit den von Gerhard Schröder angeführten sogenannten Antirevisionisten, die jede transformatorische Strategie als revisionistisch denunzierten, führte den Juso-Bundesverband innerhalb weniger Jahre in die politische Bedeutungslosigkeit. Interessanterweise begründet sich exakt in diesem Prozess des Niedergangs des Juso-Bundesverbandes der Beginn der Politkarrieren eines Olaf Scholz von der Stamokap-Fraktion und eines damals vorgeblich besonders linksradikalen Gerhard Schröder, während sich die »Reformsozialisten« im Abnutzungskrieg um die innerparteilichen Machtverhältnisse verhedderten.

In der Rückschau kann man erkennen, dass der ideelle Siegeszug des Neoliberalismus, geprägt von Friedrich

August von Hayek, Milton Friedman und der von ihnen mitbestimmten Mont Pèlerin Society – eines frühen neoliberalen Netzwerkes von Akademikern, Geschäftsleuten und Journalisten – seine entscheidende Durchsetzungsphase bereits in den 1960er Jahren auch in der damaligen SPD erfolgreich eröffnet hat. Die »Eroberung« der Bundesbank, am sozialdemokratischen Bundesbankpräsidenten Karl Klasen vorbei und von Helmut Schmidt nach anfänglichem Widerstand toleriert, bedeutete die ultimative Niederlage der Keynesianer in der SPD und damit in der gesamten Republik. Dabei war die Rolle der FDP, und insbesondere des von ihr gestellten Wirtschaftsministers Hans Friderichs, mehr als prägend.

Es ist für einen dem Sarkasmus zugeneigten Menschen fast schon belustigend zu sehen, dass die bundesdeutsche Kapitalistenlandschaft sich durch die allenfalls kulturrevolutionäre APO und ihre Epigonen trotzdem ernsthaft bedroht fühlte und sich zur finanziell gut ausgestatteten ideologischen Gegenreformation entschloss. Seit diesen Tagen erlebte die Bundesrepublik einen einzigartigen Siegeszug des Neoliberalismus, der letztlich im Auftritt eines anderen Bundesbankpräsidenten – Hans Tietmeyer – in Davos gipfelte, der die versammelte Politelite aufforderte, sich endlich der einzig wahren Herrschaft des Finanzmarkts zu beugen und sich auf ihre dienende Funktion bescheiden zurückzuziehen. Der französische Soziologe Pierre Bourdieu formulierte im November 1996 in der »Zeit« zu Recht: »Warnung vor dem Modell Tietmeyer. Europa darf sich den neoliberalen Theorien des Bundesbankpräsidenten nicht unterwerfen«.

Der dritte und schwer zu fassende Grund für die Niederlage der SPD-Linken nach großen Anfangserfolgen liegt in der Mischung aus dem ungeheuren Trägheitsmoment einer Massenpartei und ihrer Meinungsbildungsprozesse und den enormen korrumpierenden Einflüssen von Kapitalmacht.

Betrachtet man die wahrlich nicht unbedeutende Zahl sozialdemokratischer Regierungsmitglieder, die eine Anschlussverwendung in der deutschen Wirtschaft gefunden haben, bekommt man zumindest eine leise Ahnung, welche Rolle primitive materielle Interessen bei der Politikgestaltung spielen.

Die Durchdringung politischer Entscheidungsprozesse durch den enorm ausgeweiteten Lobbyismus ist unbestritten. Aber zu Zeiten des Kanzlers Schröder und eines sozialdemokratischen Finanzministers wurden ganze Gesetzgebungswerke direkt in der »Finanzindustrie« geschrieben. Auch die direkte Abordnung führender Unternehmensmitarbeiter in einzelne Ministerien war und ist Praxis in Deutschland.

Fügt man die nicht geringe Zahl neoliberaler Überzeugungstäter*innen in den Reihen der SPD hinzu, bestand also ein Konglomerat, das die Linke innerhalb der

SPD schlicht in den Mühen dieses Kampfes auf sumpfiger Ebene zum Scheitern verurteilen musste.

Als letztlich immer wirkungsmächtig erwies sich die in weiten Teilen der SPD-Basis verbreitete »Sklavenmentalität«, die schon immer die Augen dieser als vaterlandslose und in wirtschaftlichen Fragen inkompetent denunzierten Genossen aufleuchten ließ, wenn sie ein Stückchen Hofierung und Anerkennung durch die wahrhaft Mächtigen erhaschen konnten. Ich habe selbst dieses Phänomen in meiner Zeit als Landes- und Fraktionsvorsitzender der SPD in Baden-Württemberg genügend erfahren. Das reicht vom devoten Auftreten meiner Abgeordnetenkolleg*innen beim Kontakt mit Wirtschaftskapitänen, über die eigene Konfrontation mit hochdotierten Anschlussverwendungsangeboten bis hin zu der wahrhaft trüben Erfahrung, dass mein Versuch zur Beendigung der Großen Koalition in Baden-Württemberg letztlich an den materiellen Interessen einiger sozialdemokratischer Regierungsmitglieder gescheitert ist.

Diese Erfahrung von Korrumpierbarkeit hat Oskar Lafontaine, und das ist mir unvergessen, eines Tages allen Ernstes zu der Überlegung gebracht, man müsse nachgerade einen regelrechten Orden gründen, um damit diesen Anfechtungen begegnen zu können. Die SPD Baden-Württemberg hatte allerdings keinerlei Merkmale eines solchen Ordens, als sie der machtpolitischen Realität nach der Landtagswahl 1994 begegnete.

Bertelsmann kann mit fast allen

Insbesondere der Bertelsmann Stiftung ist es gelungen, Vertreter von CDU/CSU, SPD, FDP und Grünen auf ihrer Plattform zu durch die Stiftung gesteuerten Meinungsbildungsprozessen zusammenzuführen. Die politischen Parteien wollen immer weniger wichtige Fragen entscheiden, sondern bemächtigen sich Elite-Netzwerken, wie der Bertelsmann Stiftung, die von dem privatkapitalistischen Bertelsmann-Konzern finanziert wird.

Bertelsmann hat schon immer den Eindruck vermittelt, in höherem Auftrag zu handeln – im 19. Jahrhundert und bis zum Ende der 1920er Jahre als theologischer Verlag, später als Unternehmen, das den »Deutschen das Buch« nahe- bzw. überhaupt erst bringt. Dabei hatte das Unternehmen immer vor allem das im Auge, was man heute Wettbewerbsvorteile nennt – und wenn die Zeiten so waren, wie sie waren, eben auch mit Kriegserlebnisbüchern und Feldausgaben für die Wehrmacht. In der Zeit nach dem Zweiten Weltkrieg war dann Volksbildung angesagt, es wurde der Lesering ins Leben gerufen. Inzwischen ist das Unternehmen lokal, vor allem aber als Random House auch global aktiv.

Mit Blick auf die ideologische Wirkung als Verlag wie als Stiftung spielten auch immer Personen eine gewichtige Rolle. So hat Reinhard Mohn die Bertelsmann Stiftung im Jahr 1977 gegründet, natürlich als steuerbegünstigte Institution, 1993 übertrug er der Stiftung die Majorität des Grundkapitals der Bertelsmann AG. So konnten Steuern gespart und zugleich die Nachfolgeregelung gesteuert werden. Die Nachkommen hätten möglicherweise Teile des Konzerns verkauft oder an die Börse gebracht. Die Stiftung hatte zwar kein Stimmrecht in der AG, aber über die Personen von Reinhard, Liz, Brigitte und Christoph Mohn gewaltigen Einfluss – diese konnten das Licht der Gemeinnützigkeit über den Konzern und ihre Aktivitäten erstrahlen lassen.

Denn Reinhard Mohn glaubte daran, dass der Konzern mit der Finanzierung der Stiftung einen »Leistungsbeitrag für die Gesellschaft« erfülle. Sie fördert Projekte in den Bereichen Bildungs- und Hochschul-, Sozial-, Gesundheits-, Familien-, Wirtschafts- und Sicherheitspolitik oder führt sie gar selbst durch. Mit ihrer Präsenz in maßgeblichen Gremien auf deutscher und europäischer Ebene nimmt sie gewaltigen Einfluss, ohne dass sie selbst direkt in die Politik eingreift. Denn die Politiker wenden sich an die Stiftung und so bleibt der Nimbus scheinbarer Neutralität erhalten.

Zwar bestreitet die Bertelsmann Stiftung, direkt oder indirekt vom Unternehmen Bertelsmann abhängig zu sein, es habe »Schnittstellen« gegeben – zum Beispiel bei »Internetprojekten« – von solchen Bereichen habe man sich jedoch getrennt. Allerdings kann an verschiedenen Beispielen nachgewiesen werden, dass die Stiftung zumindest als Türöffner für den Markteintritt behilflich war (so z.B. in den drei baltischen Staaten mit Druckereien, Buchclub und Fernsehen oder beim Marktzutritt in China). Eine Kooperation zwischen Stiftung und Konzern findet statt, und zwar kontinuierlich.

Einer der Schwerpunkte ist die flächendeckende »Politikberatung« durch die Bertelsmann Stiftung, die mit einer Privatisierung von Politik einhergeht. Dabei achtet man darauf, es sich mit möglichst niemandem zu verderben, allenfalls die Linkspartei wird links liegengelassen. So wurde Reinhard Mohn gelegentlich der »rote Mohn« genannt, weil er angeblich eine größere Nähe zur Sozialdemokratie hatte und das eine oder andere »Reformprojekt« der rot-grünen Regierung befürwortete. Kurz nach Regierungsübernahme 1998 fuhren Gerhard Schröder und Joschka Fischer nach Gütersloh und statteten dort ihren Dank ab. Nach dem Regierungswechsel schmeichelte man der CDU, Liz Mohn trat als Laudatorin von Angela Merkel auf, als diese den Zukunftspreis der CDU-Sozialausschüsse entgegennahm. Bertelsmann kann mit fast allen – wenn es denn den eigenen Interessen nutzt.

Vom Teufel geholt

Schon vor Beginn der Wahlkampagne 1992 waren Dieter Spöri, Hermann Scheer und ich uns darin einig, dass die Lethargie und Verlierermentalität, von der die SPD im Südwesten Deutschlands befallen war, vielleicht nur durch die Übernahme von Regierungsverantwortung durchbrochen werden könnte. Allerdings glaubten wir in einem typischen Anfall von politischem Größenwahn, dies aus einer Position relativer politischer Stärke tun zu können.

Die Anlage des Wahlkampfes war von der Annahme getragen, mit dem Duo Spöri-Maurer die scheinbare Vereinbarkeit einer eher wirtschaftsnahen Politiklinie (Spöri) mit einer linken (Maurer) suggerieren zu können. Im Grunde genommen also mit der Verbreitung einer Illusion, die bei der Bundestagswahl 1998 mit dem Duett Schröder-Lafontaine zur Ablösung Helmut Kohls führte.

Folgerichtig hatten wir ein eher dezidiert linkes Wahlprogramm mit einer Inszenierung Spöris als wirtschaftskompetentem Jungdynamiker kombiniert. Während Spöri nun, plakatiert mit der Aura von Mamas liebstem Schwiegersohn, durch das Land tourte, begann schon damals die Migrations- und Asyldebatte den Wahlkampf zu überlagern.

Diese Gemengelage führte in der Tat zu der erhofften schweren Wahlniederlage der CDU, aber bei gleichzeitig großem Erfolg der »Republikaner«, einer neuen Rechtspartei, die aus heutiger Sicht quasi das Vorläufermodell der AfD war. Am Ende stand ein Wahlergebnis, das für uns eher bescheiden war (heute würde es allerdings von der SPD als grandios empfunden werden). Die neue Rechtsaußen-Partei erreichte 12%, eine CDU-Alleinregierung oder eine CDU/FDP-Koalition waren damit ausgeschlossen.

Wir beschlossen bei den anstehenden Verhandlungen über eine Regierungsbildung den Grünen den Vortritt zu lassen, nahmen gleichzeitig aber informelle Kontakte zum CDU-Landeschef Erwin Teufel auf. Zu diesem Zweck traf ich mich mit diesem in dessen Zwei-Zimmer-Feriendomizil am Bodensee. In einem sehr langen politischen Gespräch war spürbar, dass die kulturelle Abneigung des erzkonservativen Katholiken Teufel gegenüber den damaligen Grünen durchaus tief war. Aufgrund der Überzeugungen Teufels, die aus der katholischen Soziallehre stammten, gab es durchaus Brücken zu uns.

Infolge meiner eigenen Sozialisation – immerhin hatte ich es in meiner frühen Jugend schon zum Oberministranten gebracht und war von einer tieffrommen Großmutter erzogen worden – gab es zwischen mir und Erwin Teufel zumindest keine sprachkulturellen Verständigungsschwierigkeiten. Im Grunde war Teufel ein politischer Epigone des katholischen Zentrums, das ja schon in den 1920er Jahren im deutschen Süden überaus stark war und in der Weimarer Republik eine Reichsregierung mit der SPD gebildet hatte.

Sowohl die CDU als auch wir waren uns darüber im Klaren, dass ein Scheitern der Regierungsbildung und eine nochmalige Wahl des Landtags zu einem Durchmarsch der politischen Rechten führen würden. Also eine strategische Situation, die einem derzeitig merkwürdig bekannt vorkommt.

Die Verhandlungen zwischen Grünen und CDU scheiterten erwartungsgemäß an der damals noch vorhandenen ökologischen Prinzipientreue der Grünen. Die Koalitionsverhandlungen zwischen uns und der CDU erwiesen sich als zäher Kampf um jeden Spiegelstrich. Ich habe sie schon deshalb als überaus quälend in Erinnerung, weil ich mich selbständig in der Zange zwischen einer relativ hohen Nachgiebigkeit meines Tandempartners und der, bisweilen cholerischen, Rechthaberei des Erwin Teufel wiedergefunden habe. Diesem waren jede Erweiterung gewerkschaftlicher Mitbestimmungsrechte und jede Verbesserung von Frauenrechten zutiefst zuwider.

Die Quälerei mündete in einen Koalitionsvertrag, der bereits die Dimension eines Buches erreichte. Letzteres war schon deshalb notwendig, weil Teufel bei mündlichen Zusagen auch später noch immer wieder von großen Erinnerungslücken befallen wurde.

Die gesamte Zusammenarbeit mit diesem vorderösterreichischen Urgestein, das durch das Lebensgefühl des katholischen Oberlandes geprägt war, erwies sich sehr bald als eine Art Bauernschach. Diesen Begriff für Teufels Verhandlungstaktik hat interessanterweise Günther Oettinger mir gegenüber offenbart, der sich bemerkenswerterweise damals als Politiker entpuppte, auf dessen Zusagen man sich verlassen konnte. Aus der Sicht Erwin Teufels war Oettinger sicher ein wahrer Hallodri, aber nach meiner Erfahrung einer mit politischen Sekundärtugenden. Überhaupt habe ich in diesen Jahren viel über die Janusköpfigkeit der CDU in Süddeutschland gelernt.

Der Gegensatz zwischen liberalen Protestanten im Norden Baden-Württembergs und den auf katholische Morallehre verpflichteten, eher auf Staatsmacht und Kirche orientierten CDU-Repräsentanten im Süden des Bundeslandes, war wahrhaft groß. Insgesamt war und ist die CDU eher ein auf Machterhalt orientiertes Bündnis als eine homogene Partei. Allerdings erweist sich dieses Machtstreben als eine eisenharte Klammer, mit nach außen gekehrter Geschlossenheit, solange die jeweilige Führungsfigur diese Machtausübung garantiert und dafür Unterordnung beanspruchen kann. Selbst unter der Herrschaft der begnadeten Opportunistin Angela Merkel, die die CDU ideologisch vollständig entkernt hat, funktioniert dieser Mechanismus bis auf den heutigen Tag. Aber er zerbricht eben auch, sobald die Rolle als führende Macht im Staat verloren geht, wie es der CDU in Baden-Württemberg dann einige Jahre später widerfahren sollte.

Als Phänotyp eines aufgeklärten Konservatismus katholischer Prägung ist der jetzige Ministerpräsident Winfried Kretschmann ein für die durch Machtverlust geschwächte CDU unlösbares Problem. Kretschmann, immerhin Mitglied des Zentralkomitees der deutschen

Katholiken, ist der berufene Erbe des Erwin Teufel. In der Koalition von Grünen und CDU ist somit wirklich in Baden-Württemberg wieder das zusammengewachsen, was zusammengehört und in den 1980er Jahren noch in einer Partei zusammen war.

Es war spätestens nach einem starken Jahr Großer Koalition in Baden-Württemberg klar, dass auch der relative Glanz der sozialdemokratischen Minister*innen als fleißige und kompetente Lieschen nur dem Erfolg des CDU-Ministerpräsidenten dienen würde. Ich habe deshalb versucht, diese Koalition zur Mitte der Legislaturperiode zu beenden.

Es gab dafür zwei Sollbruchstellen: Die von uns geforderte Landesbeschäftigungsgesellschaft, um Menschen, statt sie in die Arbeitslosigkeit zu schicken, in ein öffentliches Beschäftigungsverhältnis zu bringen, und zweitens die Tatsache, dass eines der baden-württembergischen Atomkraftwerke, nämlich das von Obrigheim, offensichtlich rechtswidrig, weil ohne abschließende Genehmigung existierte.

Die GroKo bei Halbzeit zu verlassen, wäre die letzte Chance der SPD in Baden-Württemberg gewesen, um das erforderliche Profil für einen erfolgreichen Wahlantritt zu gewinnen. Es war klar, dass nach weitgehender Abarbeitung der im Koalitionsvertrag festgelegten sozialdemokratischen Programmpunkte die Partei zunehmend nur noch in einer dienenden Rolle gegenüber dem Ministerpräsidenten und seiner CDU wahrgenommen würde.

Die Entscheidung, die GroKo zu verlassen, wäre also strategisch absolut notwendig gewesen. Umso erstaunlicher war der massive Widerstand, der mir aus einigen der von uns geführten Ministerien entgegenschlug. Ich glaube, es war einer meiner damaligen Abgeordnetenkollegen, der mich insbesondere darauf hinwies, dass die Höhe oder gar das Ausbleiben von Minister- oder Staatssekretärspensionen in der Realität eine höhere Durchschlagskraft hätten als strategisch schlüssige Argumente.

Wie auch immer – eine Mehrheit in der Landtagsfraktion schien nicht erreichbar, die Auseinandersetzung war durch die Veröffentlichung meines Brandbriefes aus dem Urlaub (von der Landespresse als »Depesche aus Ravenna« bezeichnet), in dem ich die sozialdemokratischen Regierungsmitglieder ultimativ zum Festhalten an der Forderung nach einer Landesbeschäftigungsgesellschaft und zur Stilllegung des AKW Obrigheim aufgefordert hatte, öffentlich geworden. Den Machtkampf in der Partei über einen Mehrheitsbeschluss des Parteitages auszutragen, hätte die SPD in Baden-Württemberg zerlegt. Ich habe mich deshalb dieser Art von Parteiraison gebeugt und am Ende die Wahlniederlage und das Absinken auf etwas über 25 % erlitten und verantwortet.

Irrsinnigerweise hatten wir in die wöchentlich fallende Demoskopie hinein noch auf Vorschlag von Spöri versucht, die Asylkampagne der CDU mit Angriffen auf den von der Union beförderten Zuzug von Russlanddeutschen zu kontern, was vom libertären Teil der Parteibasis nicht getragen wurde. Am Ende wurden wir also – um das Wortspiel fortzusetzen – nicht vom Teufel geholt, sondern das Opfer eigener politischer Fehlentscheidungen.

Danach war die Welt in Baden-Württemberg wieder in Ordnung. Es regierte Schwarz-Gelb, der Wirtschafts- und der Umweltminister hatten sich verabschiedet, der eine zu Daimler, der andere in die Staatspension, ein Teil ihrer Adlaten kamen in Wirtschaft und Verwaltung unter. Ich habe mich in den folgenden Jahren an ihren Wiedergängern aufgerieben. Deren politische Markendefinition bestand in der Umdefinierung von radikalliberal oder sogar schlicht libertär zum Inbegriff von Links, womit wir bei einer weiteren Kernursache des Niedergangs der Sozialdemokratie angelangt sind.

Lieber frei als gleich –
der Abschied von der sozialen Frage

In einem Lied des schwäbischen Dichters Georg Herwegh findet sich folgende, mich Zeit meines Lebens begeisternde Strophe:

»Brecht das Doppeljoch entzwei
brecht die Not der Sklaverei
brecht die Sklaverei der Not
Brot schafft Freiheit, Freiheit Brot.«

Der für alle linken Parteien und Bewegungen konstituierende Gedanke, dass es für die große Mehrheit der Menschen ohne Gleichheit keine Freiheit geben kann, ist von der auf die 68er folgenden Politiker*innen-Generation in SPD und Grünen in eineinhalb Dekaden zu Grabe getragen worden. Diese lau gebadeten Kinder der 68er, in ihrem Karrierestreben überaus listenreich, haben es in der Tat vermocht, sogar den Begriff von Linkssein aus dem Kampf um soziale Gleichheit und Gerechtigkeit auf einen Ausdruck individualisierten Freiheitsstrebens zu reduzieren.

Parallel dazu hat die SPD nahezu jeden Bezug zu ihrer ursprünglichen sozialen Basis verloren. Dieser Tage hat der mir ansonsten eher suspekte ehemalige Bezirksbürgermeister von Berlin-Neukölln, Heinz Buschkowsky, die SPD als Verein von »Klugscheißern« bezeichnet. Dort, wo sich früher fünfzigköpfig Arbeiter, Handwerker und Angestellte auf Ortsvereinsversammlungen getroffen hätten, seien heute gerade mal acht dieser »Klugscheißer« damit beschäftigt, sich gegenseitig die Weltläufe zu erklären.

Diese Zustandsbeschreibung ist durchaus zutreffend. Allerdings verdrängt der rechte Sozialdemokrat dabei die schlichte Tatsache, dass gerade der rechte Flügel der SPD in seiner Geschichte immer wieder und spätestens seit Mitte der 60er Jahre des 20. Jahrhunderts den Kampf für Gleichheit zugunsten eines Pakts mit dem Kapital aufgegeben hat. Der Siegeszug des Neoliberalismus in der Wirtschaftspolitik beginnt spätestens unter der Kanzlerschaft von Helmut Schmidt.

Eine weitere wesentliche Ursache dieses von Buschkowsky so vulgär-dramatisch konstatierten Zustands liegt in der teilweisen Entpolitisierung der deutschen Gewerkschaftsbewegung. Noch in den 1970er Jahren kam auf den Unterbezirksparteitagen der SPD kein Beschluss am Votum der IG Metall- oder ÖTV-Bevollmächtigten vorbei. 20 Jahre später waren diese zumindest in der Südhälfte der alten BRD faktisch aus der Meinungsbildung der SPD verschwunden. Der fortschreitende Entfremdungsprozess hat viele Ursachen, die nur stichwortartig genannt werden sollen.

Die banalste ist wohl die, dass die Gewerkschaftsfunktionäre, auch durch den eigenen relativen Erfolg, in eine solche Aufgabenbelastung gezogen wurden, dass ihnen schlicht die Zeit für Parteidebatten fehlte. Diese waren im Übrigen durch den Einzug der 68er wesentlich anstrengender und zeitaufwendiger geworden.

Zum zweiten hatte die Intellektualisierung der Partei eine zunehmende Entfremdung der Sprach- und Erlebniswelt im Gefolge.

Zum dritten hat sich ein Teil der jüngeren Funktionärsgeneration in den Gewerkschaften politisch bewusst von der aus ihrer Sicht kaum noch reformistisch zu nennenden Mehrheits-SPD abgewandt. Der andere Teil, vor allem der höheren Funktionärsebene, folgte in politischen Fragen nahezu blind der Parteispitze.

Die Bundes-SPD selbst hat mit der Gründung der sogenannten Arbeitsgemeinschaft für Arbeitnehmerfragen (AfA) den ursprünglichen Kern der Sozialdemokratie in eine von vielen Unterabteilungen ausgegliedert und sich damit alle mit »Arbeitnehmerfragen« verbundenen lästigen Debatten faktisch vom Hals geschafft.

Die tiefgreifendste Veränderung liegt aber wohl darin, dass eine Mehrheit von führenden Gewerkschaftsfunktionären in einem schleichenden Prozess ihren Anspruch auf eine Umgestaltung von Politik und Gesellschaft aufgegeben hat. Das brachte und bringt die Gewerkschaften in die fortlaufende Gefahr, zu reinen

Tarifbindung der Beschäftigten 1998-2017 in %

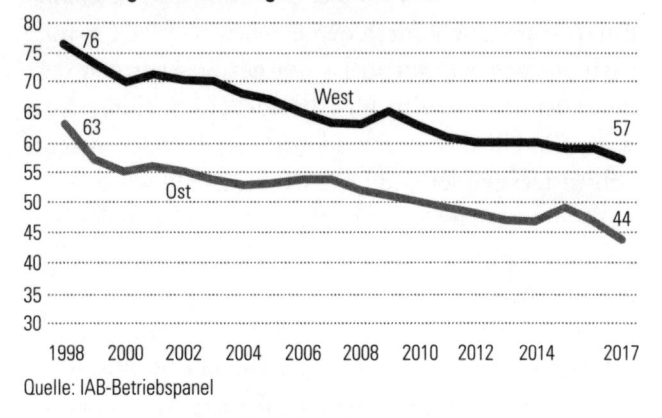

Quelle: IAB-Betriebspanel

Tarifmaschinen zu degenerieren, die von einer Art Betriebsrätearistokratie beherrscht werden.

Konsequenterweise reflektiert die heutige SPD in ihren Wahlprogrammen und politischen Aussagen noch am ehesten das Bewusstsein von Facharbeitern und Angestellten gehobenen Einkommens, deren Interesse natürlicherweise primär auf Besitzstandswahrung ausgerichtet ist.

Mehr als 50% der Beschäftigten in Deutschland arbeiten in Unternehmen ohne Tarifbindung; hinzukommen die große Zahl der illegal oder in scheinselbständiger Selbstausbeutung lebenden, wie die zwar tariflich aber schlecht bezahlten Frauen im sogenannten Dienstleistungsbereich. Angesichts dieser Tatsachen wird schnell klar, dass die aktuelle SPD allenfalls noch ein kleines, aber zunehmend schrumpfendes Milieu anspricht.

Der Entfremdungsprozess von der ehemaligen sozialen Basis ist naturgemäß in der sozialdemokratischen Diaspora, also in Süddeutschland, am weitesten vorangeschritten und wurde durch die Übernahme der ehemaligen DDR noch auf die Spitze getrieben. So ist die SPD heute in Bayern und Baden-Württemberg, aber auch in Thüringen, Sachsen-Anhalt und Sachsen allenfalls noch eine Zehn-Prozent-Partei.

Die katastrophale Entwicklung im »Beitrittsgebiet« DDR ist maßgeblich durch absolute Fehlentscheidungen der SPD-Bundesführung verschuldet. Die ideologisch reflexartige Ablehnung ehemaliger SED-Mitglieder und das Setzen auf eine ostdeutsche Splitterbewegung (SDP), die mehr protestantische Theologen als Industriearbeiter zu ihren Mitgliedern zählte, hat die SPD in weiten Teilen des Ostens von Anfang an zur Randpartei werden lassen.

Hinzu kommt, dass die West-SPD die geradezu kolonialistische Übernahme des Ostens durch westdeutsche Konzerne und die damit verbundene Vernichtung aller industriellen Kerne nahezu tatenlos hingenommen hat. Das teilweise kriminelle Treiben der sogenannten Treuhand wartet bis heute auf eine Aufarbeitung, die wahrscheinlich wieder mindestens so lange ausbleiben wird, wie die »Täter« noch am Leben sind. Stattdessen begnügte man sich mit der Entsendung von Kolonialoffizieren, die, von einigen leuchtenden Ausnahmen abgesehen, entweder jung und unerfahren waren oder abgehalfterte Beamte, die man schon immer loswerden wollte.

So erklärt sich die Entstehung und der Erfolg der PDS unter Lothar Bisky und Gregor Gysi, worüber man sich ja noch freuen kann, aber so wurde gleichzeitig auch die Saat für die AfD gelegt. Die ostdeutsche Lebenswirklichkeit ist vom Lebensgefühl des Cappuccino- und Prosecco-Zirkels, der in einem postmodernen Raumschiff Berlin-Mitte die reale Welt umkreist, unendlich weit entfernt. Je mehr die ehemalige PDS und jetzt LINKE schon aufgrund ihrer Vergreisung die Fähigkeit als »Kümmerer«-Partei verliert, umso mehr findet der aus Zurücksetzung gespeiste ostdeutsche Frust sein Ventil bei der AfD. Die Erziehungsdiktatur der SED hat an vielen Stellen den völkisch-deutschen Rassismus nur niedergehalten und unterdrückt, jetzt hat er wieder zunehmend freie Bahn.

Der individualisierte Freiheitstraum, den eine die SPD zunehmend dominierende Netzwerker-Generation feilbietet, ist wahrlich kein Angebot für das ostdeutsche Prekariat. Das Gerede von der Chancengerechtigkeit ist da noch absurder, wo es gar keine Chancen gibt. Aber auch die Partei DIE LINKE ist in großer Gefahr, ihre Politik auf die Befriedigung des großstädtischen Lebensgefühls pseudointellektueller Jugendlichkeit zu reduzieren.

Die Reduzierung des linken Grundanliegens, Gleichheit und Gerechtigkeit durchzusetzen, auf die Forderung nach einem bedingungslosen Grundeinkommen markiert besonders deutlich die Zurücknahme des Klassenkampfs auf die Bitte um Almosengewährung. Die Vorstellungskraft der Protagonisten dieser neuen Variation der antiken Maxime von panem et circenses (Brot und Spiele) zur Ruhigstellung der Massen reichte offensichtlich nicht aus, um die erwartbare Gegenstrategie eines kapitalistischen Systems zu begreifen. Für dieses System ist ein solcher »Reformschritt« zum einen nur Preiserhöhungsspielraum, zum anderen die billige Ausrede, um andere soziale Transferleistungen des Staates zu beenden. Das wird dann als dringend notwendiger Abbau von Bürokratisierung verkauft werden. Wehe den Behinderten, den alleinerziehenden Müttern, den Empfängern von Sozialtickets, verbilligten Eintrittskarten und Gehhilfen. Sie haben das Reich der Notwendigkeit verlassen und sind nun im Phantasia-Land des bedingungslosen Grundeinkommens angekommen.

Welch ein Segen aber für das Patriarchat. Der Patriarch heiratet in Zukunft nicht mehr nur eine billige häusliche Arbeitskraft, sondern diese bringt auch noch ihr bedingungsloses Grundeinkommen mit in die Ehe. Sie muss also gar nicht mehr arbeiten gehen dürfen, sondern kann sich vollständig der bewährten Rollenverteilung widmen. Endlich ist auch Platz für die alte Lieblingsidee der sozialdemokratischen Netzwerker, die Einführung von Studiengebühren. In Wahrheit ist nämlich das bedingungslose Grundeinkommen für die sogenannten Liberalen nichts anderes als das Tor in eine Welt, in der dann endlich alles seinen Kaufpreis hat.

Dienst am Menschen

Es ist absurd, dass die Diskussion über das Ende der Arbeitsgesellschaft in einem Land geführt wird, in dem Ärzte und Krankenschwestern in den Streik treten, weil sie den Belastungen von Zwölf- bis Sechzehn-Stundenschichten nicht mehr gewachsen sind.

Alle Dienstleistungen, die aus der Sicht privater Investoren nicht profitabel sind, sind chronisch unterfinanziert. Dies gilt zu allererst für den gesamten Gesundheitssektor, in dem zusätzlich noch Apparatemedizin und Arzneimittel gegenüber ärztlichen und pflegerischen Dienstleistungen überhonoriert werden. Allein der medizinische Fortschritt und das zunehmende Alter der Menschen machen im Prinzip den gesamten Sektor von Pflege und Gesundheit zu einer beispiellosen Wachstumsquelle von Beschäftigung.

Hinter dem Phänomen, dass diese Beschäftigungsfelder nicht genutzt werden, steht in Wahrheit die Werteentscheidung, dass sich unsere Gesellschaft dies in ihrem heutigen Zustand schlicht nicht leisten will. Deutlicher gesagt: Die Nichtbeschäftigung ist der Ausdruck von Inhumanität. Wie anders sollte man die Arbeitsbedingungen in vielen Krankenhäusern und die Zustände in zahlreichen Alten- und Pflegeheimen sonst nennen? Das öffentliche Gesundheitswesen ist aber nur das vielleicht krasseste Beispiel für die Unterfinanzierung eigentlich aller öffentlichen Aufgaben und Dienste.

Redet man mit alten Leuten, die das Land nie verlassen haben, trifft man gelegentlich noch auf das Vorurteil, französische Großstädte seien »dreckiger« als deutsche. Da empfiehlt sich ein vergleichender Kurzaufenthalt in Paris und einer so »reichen« Kommune wie der baden-württembergischen Landeshauptstadt Stuttgart. Während sich in Paris der Eindruck »deutscher« Sauberkeit der öffentlichen Straßen, Plätze und Haltestellen aufdrängt, findet man in der süddeutschen Metropole den Müll überall dort, wo die Kehrmaschinen der Stadtreinigung nicht eingesetzt werden können. In Paris sorgen Tausende städtische Beschäftigte mit Wagen, Besen und Schaufel für diese »deutschen« Zustände, während solche Arbeitsplätze in Stuttgart längst wegrationalisiert sind. Dieser Zustand und der diesbezüglich wachsende bürgerschaftliche Unmut hatten seinerzeit den Oberbürgermeister auf die karnevalsreife Idee gebracht, seine Bürger aufzufordern, ihre Stadt unter dem infantilen Motto »Lets putz« selbst zu reinigen.

Überhaupt ist ja das »Ehrenamt« das konservative Allheilmittel, wenn öffentliche Aufgaben nicht mehr wahrgenommen werden, weil man dem Staat durch Steuersenkungen zugunsten von Reichen und Unternehmen die dafür notwendigen Finanzmittel entzogen hat. So werden Kinder von ehrenamtlichen Großmüttern und Schüler von angelernten Oberministranten und Pfadfinderführern auf das Leben vorbereitet – selbstverständlich unter dem Klang hehrer ideologischer Begleitmelodien. Wer hingegen für diese Aufgaben qualifizierte Kräfte verlangt, sieht sich flugs der Feindschaft gegenüber Großmüttern, Jugendführern und Oberministranten verdächtigt.

Die gängige neoliberale Lieblingsbegründung für den Abbau öffentlicher Aufgaben, die sich nicht einer profitablen Privatisierung zuführen lassen, ist die Behauptung, dass sonst der kommenden Generation eine erdrückende Schuldenlast hinterlassen werde. Die Rationalisierung wird so zum Gebot der sogenannten Generationengerechtigkeit.

Abgesehen davon, dass die öffentlichen Aufgaben natürlich nicht über weitere Schulden, sondern durch ein gerechtes Steuersystem finanziert werden müssten, verstellt diese Behauptung geschickt den Blick auf die Lasten, die die Neoliberalen selbst zukünftigen Generationen hinterlassen werden: schlaglochverzierte Straßen, marode Brücken, einsturzgefährdete Hallen, schon jetzt permanent störungsanfällige Schienennetze und öffentliche Kanalsysteme, die nach Schätzungen bereits heute durchschnittlich 20 Prozent Wasserverlust verursachen. Stürzt dann das Dach einer Eislaufhalle ein, sieht sich selbst die FAZ gezwungen, darüber zu grübeln, ob man es mit dem Abbau der öffentlichen Bauaufsicht nicht zu weit getrieben haben könnte. Diese Einsparmaßnahmen, die mittlerweile nicht einmal vor lebenswichtigen Aufgaben Halt machen, sind vor allem darauf zurückzuführen, dass man die kommunalen Finanzen seit Jahren auf der Einnahmenseite ruiniert hat.

Die Kommune als Modell

Der entfesselte Kapitalismus zerstört Gemeinschaft. Unter dem Druck des Marktes verlieren immer mehr Menschen die Fähigkeit, Gemeinschaft leben zu können. Diejenigen, die der Markt nicht mehr gebrauchen kann, spuckt er aus in die Einsamkeit. Die allein gelassenen Alten, die vernachlässigten Kinder und die missachteten Arbeitslosen bekommen dies zu spüren. Es ist eine wahre Ironie, dass ausgerechnet in Großbritannien, dem am meisten verwahrlosten Land Westeuropas, der Begriff der »Zivilgesellschaft« am häufigsten im Mund geführt wurde.

Diese undefinierbare Worthülse entpuppt sich zunehmend als die ideologische Tünche, die der Neoliberalismus angerührt hat, um seine die Gemeinschaft zerstörende Wirkung zu überpinseln. Die Realität neoliberaler Gesellschaften ist der Konkurrenzkampf, die Zerstörung von Solidarität und solidarischen Zusammenhängen. Der gnadenlose Leistungsdruck nimmt der atemlosen Gesellschaft die notwendigen Pausen, er lässt für Familien keine Zeit übrig, die sie gemeinsam verbringen könnten. Die neoliberale Gesellschaft ist der Triumph der privilegierten Starken, die Solidarität und Gemeinschaft nicht brauchen; sie bedeutet eine schlimme Niederlage für alle Schwachen, die auf Solidarität und Gemeinschaft angewiesen sind.

»Alle Macht geht vom Volke aus – doch wo geht sie hin?«, fragte Bertolt Brecht. Eine humane Gesellschaft braucht nichts so sehr wie die Wiederherstellung von Gemeinschaft.

Auf der politischen Ebene eröffnen sich dafür drei Chancen: Erstens die Ausweitung von Bürgerbeteiligung und direkter Demokratie durch Volksbegehren und Volksentscheide auf allen politischen Ebenen, zweitens eine Renaissance des Genossenschaftsgedankens und drittens der Ausbau und die Stärkung der kommunalen Selbstverwaltung. Denn die kommunale Selbstverwaltung ist beim Machtpoker zwischen nationalen und übernationalen Institutionen auf der Strecke geblieben. Eine wirkliche demokratische Lösung bestünde darin, den Kommunen wie den Ländern eine eigene klar abgegrenzte Regelungskompetenz und eine eigene Finanzhoheit zu geben.

Der Verfall der Städte und ihrer Infrastruktur ist eines der Probleme. Ein weiteres und vielleicht noch gravierenderes ist die Herausbildung von Ghettos und Slums, wie man sie in der Bundesrepublik nach dem Zweiten Weltkrieg nicht mehr gekannt hat. Auch bei uns müssen die Ausgegrenzten inmitten derselben barbarischen Architektur aufwachsen, die der Stein gewordene Ausdruck der Kälte und Beziehungslosigkeit in unserer neoliberalen Eiszeit ist.

Dabei entstehen Ghettos überall dort, wo sich die Strukturen der Städte über die Hierarchie der Bodenpreise entwickeln. Fast nichts drückt den Entwicklungsstand unserer Gesellschaft und ihre Einteilung in Klassen so anschaulich aus wie das Bild unserer Städte. Familien mit Kindern, die über ein noch halbwegs befriedigendes Einkommen verfügen, werden an die Peripherie der Städte abgedrängt, solche, die ein schlechtes oder gar kein Einkommen haben, müssen dort hausen, wo die Häuser am höchsten sind oder die Umweltbelastung am stärksten ist. In den Zentren der Städte finden wir die Kathedralen des großen Geldes, an den verkehrsgünstigen Knotenpunkten die Abfertigungstempel der Einkaufszentren, in den Fußgängerzonen die Großfilialisten und in den schicken Innenstadtvierteln die Generation der Erben mit mehr Hunden als Kindern. Die Firmen und Produktionsstätten wiederum sind konzentriert in Randlagen in größtmöglicher Entfernung zum Wohnort derer, die dort arbeiten.

Diese wachsende, schon räumlich sichtbare Spaltung von Privat- und Arbeitsleben macht allein die Hälfte des ökologischen Problems aus. Sie zwingt zur Mobilität, verbraucht Zeit, belastet die Umwelt, entfremdet die Menschen voneinander und setzt Wohnsilos neben Arbeitskasernen, also eine Spielart der Uniformiertheit neben die andere. Diese Städte haben sich über Markt und Preis herausgebildet. Es gab einmal eine Zeit, in der Sozialdemokratinnen und Sozialdemokraten über dieses Problem nachgedacht haben. Man war der Meinung, dass leistungsloser Gewinn aus Veränderungen des Planungsrechts eigentlich abgeschöpft werden müsste. Man war bestrebt, so viel Boden wie möglich unter Kontrolle der Kommune zu halten, damit Mischung statt Entmischung bewirkt werden kann. Man befürwortete aus diesen Gründen, städtischen Grund allenfalls im Erbbaurecht zu vergeben.

Diese Zeiten sind vorbei. Umso notwendiger ist es, die Auseinandersetzung um Stadtplanung und Bodenrecht neu zu beginnen. Stadtplanung muss sich wieder zum Ziel setzen, die Funktionen zu mischen, das heißt: Wohnen, Arbeiten, Dienstleistung und Konsum möglichst nahe zueinander zu bringen und die Bildung von Ghettos zu verhindern. Das erfordert, den öffentlichen Wohnungsbau massiv auszuweiten, die Baugenossenschaften zu stärken und eine gezielte Flächenplanungs- und Bodenvorratspolitik zu betreiben. Dies muss staatlicherseits durch eine Änderung des Boden- und Planungsrechts begleitet werden, die es den Kommunen ermöglicht, Planungsgewinne abzuschöpfen und über ein preislimitiertes Vorkaufsrecht die Grundstückspreise zu stabilisieren und Spekulation zu verhindern.

Menschengerechte Städte entstehen durch das Nebeneinander und die Vielfalt von Kulturen und Funktionen. Sie brauchen soziale Durchmischung. Städte, die sich ausschließlich über die Hierarchie der Bodenpreise bilden, in denen die Politik die Kommune und ihre Einwohner nur an die Wünsche des Marktes anpasst, sind tote Städte, aus denen das Leben in seiner Vielfältigkeit vertrieben wurde.

Doch die Fähigkeit zu vorausschauender Stadtpolitik schwindet, weil die verantwortlichen Politiker immer mehr Wohnungseigentum und Baufläche an private Investoren abstoßen, die nur am eigenen Maximalprofit interessiert sind. Seit wenigen Jahren stürzen sich die Fondsgesellschaften, zumeist aus den USA und Großbritannien, auf den deutschen Wohnungsmarkt. Namen wie Terra Firma, Fortress, Apellas oder auch Cerberus – wie der dreiköpfige Höllenhund aus der Sage – sind bundesweit zum Schreckgespenst der Mieter geworden.

Die Hoffnungen der Stadtverwaltungen und Landesregierungen, durch Verkauf des öffentlichen Eigentums ihre Finanznöte zu mindern, sind trügerisch. Besonders absurd wird es, wenn Stadtverwaltungen nach dem Verkauf gezwungen sind, Gebäude und Büros vom neuen Privatbesitzer zurückzuleasen. Als sie die Immobilien noch im Eigenbesitz hatten, mussten sie lediglich für die Kosten des Unterhalts aufkommen. Nun müssen sie über den Mietzins dem neuen Eigner nicht nur diese Kosten ersetzen, sondern auch noch dessen Renditeerwartung bedienen. Warum darin ein Fortschritt liegen sollte, gehört zu den finstersten Geheimnissen derer, die diesen Ausverkauf betreiben.

Eine fortschrittliche Linke muss die Kommunalpolitik zu einem ihrer Schwerpunkte machen. Sie muss aus ihren geschichtlichen Erfahrungen lernen, dass Solidarität in einer Gesellschaft nicht zentralstaatlich von oben verordnet und autoritär durchgesetzt werden kann. Solidarität und Gemeinschaft müssen sich von unten aus lokaler oder genossenschaftlicher Selbstorganisation heraus entwickeln. Ein demokratischer Staat kann von seiner Bevölkerung nur akzeptiert werden, wenn seine Machtstrukturen durchschaubar sind und für den Einzelnen ein höchstes Maß an Mitwirkungsmöglichkeiten beinhalten. Und je stärker ein System der geordneten und durchschaubaren Gewaltenteilung herrscht, desto geringer ist die Gefahr einer autoritären Entwicklung. Die Parole »Alle Macht den Räten« hatte diese Notwendigkeit reflektiert – was daraus geworden ist, wissen wir. Die zentrale Forderung der demokratischen Linken heißt deshalb nicht Verstaatlichung, die zentrale Forderung ist die nach der Kommunalisierung.

Deshalb ist die Stabilisierung und Erweiterung der maßgeblich durch die Kommunen getragenen öffentlichen Daseinsvorsorge von so entscheidender Bedeutung. Es ist kein Zufall, dass die Privatisierung dieser

Daseinsvorsorge im Zentrum der neoliberalen Strategie steht.

Es wäre der absolute Sündenfall linker Politik, wenn sie sich dieser Strategie nicht kompromisslos widersetzt. Dies bedeutet vor allem, selbstorganisierte demokratische Organisationsformen zu verteidigen, zu revitalisieren und neu aufzubauen. Am dringendsten ist dies, neben der regionalen Produktion und Vermarktung von Nahrungsmitteln, im Bereich der Wohnwirtschaft. Gerade weil immer mehr öffentlicher Wohnungsbestand verschleudert wird, ist neben dem Widerstand gegen jede weitere Privatisierung die Wiederbelebung des genossenschaftlichen Ansatzes von so großer Bedeutung.

Linke Politik heute darf sich deshalb niemals darauf beschränken, die falsche Ideologie und den Zynismus des neoliberalen Systems zu bekämpfen. Neben dem Kampf um die Köpfe und die Herzen der Menschen kommt es vor allem auf die motivierende Kraft des positiven Beispiels an. Die Linke muss in der Praxis beweisen, dass und auf welche Weise Menschen ohne Profitorientierung und ohne Selbstbereicherung die Erfüllung fundamentaler Bedürfnisse selbstorganisiert erfolgreich in die Hand nehmen können.

Der Kampf um die Selbstbehauptung und Erweiterung der öffentlichen Daseinsvorsorge wird nur erfolgreich sein, wenn Menschen Selbstverwaltung und staatliches Handeln positiv erleben. Es macht keinen Sinn, in der Theorie eine lupenreine sozialistische Lehre zu vertreten und dann in der konkreten Praxis vor Ort zu versagen. Es macht ebenso wenig Sinn, erst den Zusammenbruch des neuen weltbeherrschenden kapitalistischen Feudalsystems abzuwarten, bevor man im Kleinen für spürbare Verbesserungen sorgt. Die Überwindung dieses Systems beginnt vor Ort, sie beginnt in der gelebten Praxis, und sie beginnt oft mit kleinen Schritten. Der Raum für dem Neoliberalismus entgegengesetzte demokratische und selbstverwaltete Organisationsformen muss schrittweise erkämpft werden. Bei einem (im Kern schon jetzt vorhersehbaren) Crash des herrschenden Weltwirtschaftssystems kann der Aufbau neuer Strukturen, nachbarschaftlicher Solidarität und regionaler Selbstversorgung überlebenswichtig sein. Vor allem, da ein umfassendes Lösungsmodell, das den Neoliberalismus als neues wirtschaftliches und gesellschaftliches Paradigma ablösen könnte, gleichzeitig aber nicht in die Fehler der real-sozialistischen Ein-Parteien-Diktaturen zurückfällt, noch nicht im Detail ausgearbeitet ist. Wir dürfen mit dem Bau von Rettungsbooten nicht erst beginnen, wenn das Schiff schon untergegangen ist.

Ausbeutung durch unbezahlte Arbeit

Das Ausmaß der Ausbeutung insbesondere von Frauen in der spätkapitalistischen Ausprägung des Patriarchats ist mehr als deutlich. Nimmt man das Volumen unbezahlter Arbeit zusammen, das Frauen im Jahr 2012 in den Bereichen unbezahlte Hausarbeit, Kinderbetreuung und Pflege leisteten, kommt man auf mehr als 100.000.000 Stunden (bei Männer waren es 75.000.000 Stunden).

Unbezahlte Arbeit ist eine tragende Säule des Wirtschaftssystems. Diese Tatsache findet in allen gängigen wirtschaftswissenschaftlichen Publikationen jedoch keine Erwähnung. Dabei ist die Wirtschaft ohne diesen Faktor nicht existenzfähig. Damit erfährt die unbezahlte Arbeit dieselbe Missachtung, die über Jahrzehnte der Umwelt und Ökologie zu Teil wurde. Während man derzeit durch Arbeiten über die ökologischen Folgen unseres Wirtschaftens einen Nobelpreis erhalten kann, wird die Krise im Care-Bereich aber nicht einmal in Gänze zur Kenntnis genommen.

Die Aktivierung von Frauen zum Zweck des industriellen Produktivitätswachstums trifft auf ein Familienmodell, das über Jahrhunderte die unbezahlte Verfügbarkeit von Frauen als Kernelement hatte. Dieser Umstand alleine ist geeignet, die gesellschaftlichen Bezüge einer Zerreißprobe auszusetzen, die mit ein paar rasch hingeworfenen Finanzkonstrukten wie Elterngeld oder oberflächlichen Betrachtungen über die Vereinbarkeit von Beruf und Familie nicht zu beantworten sind. Hier hätte eine Chance für eine sich als emanzipatorisch kennzeichnende Partei wie die SPD bestanden. Sie hat sie nicht ergriffen. Nunmehr droht unter dem anwachsenden Druck rechtspopulistischer Bewegungen stattdessen der vollständige Rückfall in die tradierten Rollenmuster von Frau und Mann.

Leider kann aber auch keine Rede davon sein, dass Andere den Begriff der Emanzipation vor sich hertragende politische Gruppierungen wie Grüne und Linke den Lauf der Dinge wirklich begriffen hätten. Die Sklavenarbeit von (migrantischen) Frauen im Dienste wohlhabender Haushalte verdiente mindestens die gleiche Beachtung wie der Anteil von Frauen in Führungspositionen. Um so mehr, als der Aufstieg qualifizierter Frauen und Männer ohne die Ausbeutung aus unbezahlter oder gering bezahlter Arbeit von Frauen in den Haushalten schlicht nicht möglich wäre.

Wer organisiert die Interessen von Frauen in unbezahlter und schlecht bezahlter Care-Arbeit? Wer verschafft ihnen eine Stimme in der ökonomischen und politischen Debatte?

Aufstehen?!

Keine Frage, auch die Partei DIE LINKE hat mittlerweile das Merkelsche Blei an den Füßen. Im Osten ist sie teilweise in der tagespolitischen Scheinlogik des Regierungshandelns gefangen, im Westen ist sie dabei, ihren radikalen Veränderungswillen als politischer Arm der entrechteten Verlierer des finanzkapitalistischen Systems zu verlieren. Insoweit trifft die Analyse von Sahra Wagenknecht und Oskar Lafontaine durchaus zu, dass der Aufstieg der AfD untrennbar mit dem Versagen der deutschen Linken als Interessenvertretung der Armen zusammenhängt. Erneut zeigt sich die in diesem Buch schon für die Vergangenheit beschriebene Unfähigkeit linker Intellektueller, sich in die reale Lebenswelt der sozial Deklassierten hineinzuversetzen.

Hinzu kommt die Alltagsmüdigkeit und Ermattung einer Partei, die sich schon teilweise etabliert und im vorhandenen politischen System eingerichtet hat. Routinebetrieb von Parlamentsfraktionen ist nur zu geeignet, jegliche Begeisterung zu erschlagen und die angestrebten großen Ziele aus den Augen verlieren zu lassen.

Der Versuch einer Reorganisation der demokratischen Linken in Form einer über das Internet vermittelten Basisbewegung, die sowohl auf SPD- als auch Grüne- und Linke-Mitglieder zielt, ist damit aller Ehren wert. Ob er als Top-down-Prozess, ausgehend von durchaus charismatischen Führungsfiguren, gelingen kann, ist fraglich, mindestens aber offen.

Darauf zu warten, dass sich irgendwann, sozusagen von selbst, etwas von unten entwickelt, ist allerdings bei der Zeitnot, in der sich die demokratische Linke angesichts des historischen Entwicklungsprozesses befindet, schlicht naiv. Es kommt also darauf an, ob diese neue, bei »La France insoumise« des Jean-Luc Mélenchon und bei »Momentum« in Großbritanniens Labour

Party abgeschaute Formation in relativ kurzer Zeit so viel Zuspruch und vor allem basisdemokratisch lebendige und zu diskutierende Vielfalt gewinnen kann, dass sie den Ruf einer lafontaineschen Kopfgeburt verliert. Die Anfänge sind durchaus vielversprechend. Immerhin hat die »Aufstehen-Bewegung« in den ersten Tagen zwar außer Marco Bülow keinen prominenten linken sozialdemokratischen Abgeordneten gewinnen können, aber mit Peter Brandt, Historiker und Sohn Willy Brandts, der Kabarettistin Lisa Fitz und der Flensburger Oberbürgermeisterin Simone Lange interessante Persönlichkeiten des öffentlichen Lebens.

Von wesentlicher Bedeutung ist, dass der Labour-»Momentum«-Aktivist und Initiator der No-Gro-Ko-Initiative in der SPD, Steve Hudson, der neuen Bewegung beigetreten ist. Damit steht neben der doch etwas älteren Promitruppe ein jüngeres, das Lebensgefühl der Millenniumsgeneration erfassendes Gesicht in vorderster Reihe.

Die spannendste Frage ist aber noch völlig offen. Was will und was wird »Aufstehen« werden: eine bei Wahlen antretende politische Formation, damit würde die Zukunftsfrage für die Partei DIE LINKE aufgeworfen, oder eine im Background von SPD, Grünen und Linken agierende Basisbewegung, die auf die Veränderung der politischen Meinungsbildung in der deutschen Gesellschaft abzielt?

Neben diesen möglichen Grundorientierungen sind auch Mischformen denkbar. Die Bewegung »Aufstehen« könnte bei Volksbegehren und Volksentscheiden agieren. Sie könnte Manifestationen aller Art (mit)organisieren, sie könnte eigene Wahlbeteiligungen flexibel handhaben – zum Beispiel Wahlantritte bei regionalen Wahlen, bei denen die Partei DIE LINKE keine Chance hat, die Fünf-Prozent-Hürde zu überwinden. Sie könnte Wahlempfehlungen für Kandidatinnen und Kandidaten anderer Parteien aussprechen, was allerdings zu erheblichen Zerreißproben innerhalb dieser Parteien führen würde.

Wie man sieht, sind der Phantasie keinerlei Grenzen gesetzt. Klar ist allerdings schon jetzt, dass das Entstehen dieser neuen politischen Formation ein weiterer Beleg dafür ist, dass die klassische westliche Parteiendemokratie in ihrem bisherigen Charakter grundlegend infrage gestellt ist.

Am Horizont der Zeitgeschichte scheint ein Phänomen aufzuziehen, das man vielleicht als politische »Schwarmbildung« charakterisieren könnte, wobei diese abrupt entstehenden und vergehenden politischen Schwärme in ihrer in kurzen Phasen wechselnden Stärke und Bedeutung nicht nur die Frage nach der ihnen innewohnenden Schwarmintelligenz aufwerfen, sondern zudem in den jeweiligen Gesellschaften sowohl Ursache als auch Ausdruck hoher Instabilität sind.

Die technologischen Veränderungen, insbesondere die neuen Fähigkeiten zur Aggregation und Vernetzung von Wissen, sind derartig weitgehend, dass man sie am ehesten mit der historischen Phase der Renaissance vergleichen mag. Diese Epoche war allerdings Segen und Fluch für die damaligen Menschen zugleich. Die Bandbreite reicht immerhin von Leonardo da Vinci bis zur Hexenverfolgung.

Fluch könnte jedenfalls für unsere Hemisphäre sein, dass die über den Computer vermittelte Wissensaggregation mit einem erschreckenden Absinken der Allgemeinbildung der menschlichen Individuen einhergeht. Der jederzeit mögliche Zugriff auf Wikipedia ersetzt eben nicht die mangelnde Fähigkeit, komplexe Zusammenhänge auf der Basis eigener Allgemeinbildung zu verstehen und einordnen zu können. Die Vision einer Herrschaft von computergestützten Fachidioten, die politisch und ethisch richtungslos ihre Nationen durch die Geschichte treiben, verursacht eher Gänsehaut.

Wie der Neoliberalismus über die SPD kam

In seinem Buch »Vorwärts oder abwärts?« hat der bekannte deutsche Politikwissenschaftler Franz Walter das Jahr 1973 als eine Zäsur bezeichnet, in der die Welt der alten Sozialdemokratie unterging. Schon 1972 hatte der sozialdemokratische Wirtschaftsminister Karl Schiller den Sachverständigenrat der Bundesregierung überwiegend mit Personen besetzt, die der Mont Pèlerin Society (MPS) angehörten oder zumindest nahestanden. Diese 1947 am Mont Pèlerin in der Nähe von Vevey am Genfer See maßgeblich von dem Ökonomen Friedrich August von Hayek gegründete Denkfabrik und Lobbyorganisation konnte ursprünglich in der BRD, in der ein eher kooperatistisches Kapitalismusmodell sich – auch schon wegen der Systemkonkurrenz mit der DDR – durchgesetzt hatte, nur schwer Fuß fassen. Mittlerweile sind acht Mitglieder der Society mit dem Nobelpreis für Wirtschaftswissenschaften geschmückt.

Viel schneller als in Deutschland verlief der Aufstieg der Mont Pèlerin Society zum dominierenden Faktor im wirtschaftspolitischen Diskurs im angloamerikanischen Raum. Dies gilt ganz besonders für den sogenannten Thatcherismus in Großbritannien. Für Margaret Thatcher war Hayek geradezu Vorbild und Gott. Die MPS war von vornherein ein Zusammenschluss von Akademikern, Geschäftsleuten und Journalisten und damit das Urmodell aller neoliberalen Plattformen, die in den letzten 20 Jahren den deutschen Politikbetrieb beherrschen. Heute gibt es weltweit nahezu 100 sogenannte Denkfabriken in direkter Beziehung zu MPS-Mitgliedern.

In der Bundesrepublik Deutschland bedeutete der Aufstieg der MPS zunächst die vollständige Durchsetzung der neoliberalen Angebotstheorie als Leitlinie der wirtschaftspolitischen Programmatik der FDP im Jahr 1973. Im Zuge der parteiinternen Auseinandersetzungen wurde der sozialliberale, von Karl-Hermann Flach gegründete Flügel der Partei schwer geschlagen und schließlich sogar teilweise aus der Partei gedrängt. In der Person des Bundeswirtschaftsministers Hans Friderichs erwuchs dem Neoliberalismus ein entscheidender Helfer, der nach seiner Beförderung in den Vorstand der Dresdner Bank mit Otto Graf Lambsdorff einen adäquaten Nachfolger fand, der letztlich die sozialliberale Regierung mit beendete.

Zu diesem Zeitpunkt hatte allerdings die SPD schon den sukzessiven Rückzug gegenüber dem neoliberalen Angriff angetreten. Entscheidender Wendepunkt war die Durchsetzung der im sogenannten Seeheimer Kreis organisierten Parteirechten in der Debatte um den Orientierungsrahmen '85 und die Übernahme der Deutschen Bundesbank durch die Monetaristen.

Als die Deutsche Bundesbank am 1. März 1973 insgesamt 1,7 Mrd. US-Dollar aufnehmen musste, weil die US-Währung unter den Interventionspunkt gefallen war, nutzte Bundesbank-Vizepräsident Otmar Emminger die krankheitsbedingte Abwesenheit des Finanzministers Helmut Schmidt und des Bundesbankpräsidenten Karl Klasen, um eine Mehrheit des Zentralbankrats für die Einführung flexibler Wechselkurse zu gewinnen.

Bereits zwei Jahre zuvor hatte der MPS-Ökonom Milton Friedman den US-Präsidenten Richard Nixon zur Aufgabe des Goldstandards bewegen können. Das Jahr 1973 markiert die Aufgabe des Systems von Bretton Woods und den endgültigen Ausstieg der BRD aus dem System fester Wechselkurse. Die Ausrichtung der Bundesbank auf das einzige Primärziel der Geldwertsicherung bei gleichzeitig faktisch völliger Autonomie gegenüber der Bundesregierung beendete den keynesianischen Versuch, Vollbeschäftigung und Wachstum als gleichrangige Ziele durchzusetzen. Die Geldpolitik war nun schlicht nicht mehr für die Beschäftigung verantwortlich. Mit der Trennung der Instrumente Fiskal- und Geldpolitik war das Beschäftigungsproblem an den sogenannten Markt zurückverwiesen, sprich privatisiert worden.

Spätestens ab 1974 beherrschte die monetaristische Geld- und Zinspolitik als dominanter Faktor die bundesdeutsche Wirtschaftspolitik. Im Ergebnis führte der Siegeszug der Monetaristen mit ihrer Strategie der Geldverknappung zum Scheitern jedes Versuchs einer aktiven Beschäftigungspolitik. Damit wurde sowohl das Ende der Regierung Carter in den USA wie der sozialliberalen Koalition in Bonn herbeigeführt.

Auch die anhaltende Weltfinanzkrise hat damals ihren Anfang genommen. Die floatenden Wechselkurse waren letztlich die entscheidende Voraussetzung für den Abbau fast aller Kapitalverkehrskontrollen und die damit möglich werdende explosionsartige Entwicklung des sogenannten Finanzmarktes. Ohnehin erlebten der Keynesianismus und damit die Idee einer Lenkungsfunktion des Staates gegenüber dem Kapital nur eine kurze Blüte in der Geschichte der alten BRD, die sich faktisch auf die ersten Jahre der Regierung Brandt beschränkte.

Zu Anfang der 1970er Jahre versuchte die unter dem Einfluss der APO erstarkte Partei-Linke die Debatte um den ersten Entwurf eines Orientierungsrahmens '85 für die Durchsetzung des Ziels der direkten Investitionslenkung, bis hin zu Vergesellschaftungsvorstellungen, in der SPD-Programmatik zu nutzen. Dies musste zu erbitterten Auseinandersetzungen mit dem rechten Parteiflügel führen. Im Kern ging es um nichts anderes als den Vorrang der Politik vor der Ökonomie. Im Verlauf dieser Auseinandersetzung gewann die Partei-Rechte, ursprünglich als Lahnsteiner Kreis von Hans-Jochen Vogel ins Leben gerufen und hernach in Seeheimer Kreis umbenannt, zunehmend die Oberhand.

In seinem ersten Grundsatzpapier mit der bezeichnenden Überschrift: »Godesberg und die Gegenwart« liest sich das so: »Dieses Problem (die Erfüllung der gesamtgesellschaftlichen Bedürfnisse) löst der Markt auch nur unvollkommen, aber die gewinnorientierte Motivation der Unternehmer löst zumindest schnellere Bereitschaft zu Revisionen aus.« Im Klartext heißt das: Die Profitorientierung der Kapitalisten führt mehr als jedes andere Modell zur gesamtgesellschaftlichen Bedürfnisbefriedigung. Dies ist nichts anderes als die vollständige Kapitulationserklärung gegenüber dem kapitalistischen System, die noch weit über das Godesberger Programm hinausgeht. Franz Walter hat Recht: Von nun an ging es bergab.

Las**s**t uns nicht s
durc**h** **die** Ungunst äu**ßerer**
Umständ**e** **er**schüttern. **Wir**

Was wird werden?

Der Rockstar Chris Rea empfiehlt in seinem Song »Road to hell«: »Take a cold look what comes down here«. Folgt man dieser Empfehlung, ergeben sich eine Reihe von Szenarien von mehr oder weniger deprimierendem Charakter. Dabei besteht kein Zweifel, dass die Menschheit sowohl über das Wissen als auch über die technologischen Möglichkeiten und die Ressourcen verfügt, um diesen Planeten in eine gute Zukunft zu bringen.

Das wirklich Deprimierende an unseren Zeiten ist das Ausmaß an Dummheit und Irrationalität, von denen weite Teile der selbsternannten Führungseliten befallen sind, und die sich in ihren Gefolgschaften ausbreiten. Alle Lehren des Ersten und Zweiten Weltkrieges scheinen zunehmend in Vergessenheit zu geraten. Die Unkultur der kurzfristigen hektischen Selbstbereicherung ist nicht nur zum Grundzug des Wirtschaftens geworden, sie scheint auch immer mehr die Außenpolitik der Nationen zu bestimmen. Dieses Phänomen ist nicht nur der Grund zunehmender kriegerischer Auseinandersetzungen, diese verderbliche Grundhaltung steht auch der durchaus möglichen Verhinderung großer ökologischer Katastrophen auf unserem Planeten im Wege.

Die dem Kapitalismus innewohnende Kapitalverwertungskrise, deren Abläufe auch nur der Logik der Gier folgen, wird mit hoher Wahrscheinlichkeit in Formen der Kapitalvernichtung münden, die nichts als schiere Barbarei sind. Dieser Prozess hat längst Fahrt aufgenommen und Papst Franziskus hat durchaus Recht mit der Aussage, der Dritte Weltkrieg habe schon begonnen. Die Zahl der direkten und indirekten Todesopfer der Kriege im Irak, in Syrien, Afghanistan und im Jemen geht in die Millionen.

Als ich an meinem Buch »Eiszeit« arbeitete, formulierte ich: »Die amerikanische Konjunktur ist bereits dabei abzukühlen. Viele Indikatoren deuten auf einen Absturz der US-Ökonomie im Jahr 2007 hin. So wird das Defizit im amerikanischen Haushalt 2006 auf den Rekordbetrag von 423 Milliarden Dollar oder rund 3,2 Prozent des Bruttoinlandsprodukts steigen – in den letzten Jahren der Clinton-Administration waren noch Überschüsse erzielt worden. Wichtiger noch: Die Sparquote – jener Anteil des verfügbaren Einkommens, der nicht für den laufenden privaten Verbrauch aufgewendet wird – lag im Jahr 2005 bei minus 0,5 Prozent. Mit anderen Worten: Der durchschnittliche US-Amerikaner lebt auf Pump – und das zum ersten Mal seit der – ›Großen Depression‹ in den 30er Jahren des 20. Jahrhunderts.«

Und ich fügte hinzu: »Die USA entgehen dem Kollaps, der die DDR und andere realsozialistische Staaten traf, nur so lange, wie sie Auslandskapital anziehen können. Je größer aber ihre Verschuldung wird, umso zögerlicher werden ausländische Investoren – und mit umso höheren Zinsen müssen sie gelockt werden. Eine Anhebung der US-Leitzinsen aber, die schon begonnen hat und deren Fortsetzung prognostiziert wird, muss gleichzeitig die Zinslast für die US-amerikanischen Häuslebesitzer erhöhen – und ihre Spielräume, um weiter zu konsumieren, verengen. Schnappt die Zinsfalle zu, müssten viele ihre Immobilien in Notverkäufen abstoßen, was die Immobilienblase zum Platzen bringen und damit die Wertbasis beseitigen würde, auf der die noch liquiden Immobilienbesitzer Hypotheken zur Finanzierung der laufenden Ausgaben aufnehmen können. Die Blasenbildung in der US-Ökonomie wird zu einem bösen Ende führen. Es ist schlicht unvorstellbar, dass eine Garage in Kalifornien auf Dauer einen höheren Preis bringen soll als ein Bürohochhaus im Ostteil von Berlin.«

So ist es dann auch gekommen und – weit entfernt von Besserwisserei wage ich heute die These, dass auch fast zehn Jahre später die grundlegenden Probleme weder verstanden noch gelöst sind. Adam Tooze schreibt zu Recht, dass es mehr Mythen über die Finanzmarktkrise 2008 gibt als vernünftige Erklärungen. Er bezeichnet sie als eine vergessene Geschichte, aus der etwas hätte gelernt werden können. Es ist nicht ausgeschlossen, dass ein nächster Flächenbrand bevorsteht, bei dem die amerikanische Notenbank Fed vermutlich nicht den gleichen politischen Spielraum haben wird wie 2008 zur Linderung der Krise.»Wenn man heute berücksichtigt, was über das Ausmaß der damaligen Rettungsaktionen bekannt geworden ist, und zugleich auf die Verschiebungen im politischen Klima der USA schaut und dann davon ausgeht, dass die nächste Krise in den Schwellenländern, mit großer Wahrscheinlichkeit in China, ihren Anfang nehmen wird, dann wird deutlich, dass beim nächsten Mal ein Schutzengel nicht mehr reichen wird, um die Weltwirtschaft zu retten.«

Der Zusammenbruch der Finanzmärkte nach der Lehman-Pleite 2008 hat nicht nur die bekannten finanzökonomischen Folgen, die mit Billionen frisch gedrucktem Geld zugeschüttet wurden, ohne an ihren Ursachen etwas zu ändern. Die indirekte weitreichende Folge ist eine fundamentale Veränderung im politischen System der USA. Ohne die fällige Delegitimierung der alten plutokratischen Führungselite, egal ob sie als Demokraten oder Republikaner verkleidet waren, als Folge der Finanzkrise, wäre Donald Trump niemals Präsident der USA geworden, und die Frage, wie lange er es noch bleiben wird, ist zumindest offen.

Seither sind alle scheinbaren Gewissheiten der Nachkriegsära obsolet geworden. Die alten Bündnissysteme verlieren ihre Bedeutung – stattdessen gilt die Maxime, der (kurzfristige) Feind meines Feindes ist mein (kurzfristiger) Freund. Auf den Zusammenbruch der Sowjetunion folgte eben nicht das »Ende der Geschichte« als Konsequenz eines weltweiten Siegeszugs des angloamerikanischen Kapitalismusmodells. Stattdessen besichtigen wir heute anstelle einer Weltinnenpolitik, die allein wegen der drohenden Klimakatastrophe und der zunehmenden Migrationsbewegungen notwendig wäre, einen vollständigen Rückfall in den Nationalismus und eine Gemengelage, die eher an die Verhältnisse des 19. Jahrhunderts erinnert.

Im Orient stehen sich surreale Allianzen von USA, Israel und Saudi-Arabien auf der einen und Russland, Syrien und Iran auf der anderen Seite gegenüber. An der Seitenlinie ein ideologisch von der Muslimbruderschaft inspirierter, größenwahnsinniger türkischer Präsident und ein brutaler Militärmachthaber in einem aufgrund seiner Bevölkerungsentwicklung zunehmend instabilen Ägypten. Indien, das demnächst die bevölkerungsreichste Nation der Erde sein wird, wird von fanatischen Hindunationalisten beherrscht, Pakistan mit einem ebenso extremen Bevölkerungswachstum ist jetzt schon nahezu unregierbar. In Afghanistan steht das »pro-westliche« Bündnis zwischen NATO und einer durch und durch korrupten Regierung kurz vor einer militärischen Niederlage, die mit dem Vietnam-Desaster der USA vergleichbar sein wird.

Man kann nur hoffen, dass die Große Koalition wenigstens einen Plan hat, wie sie ihre von Gerhard Schröder entsandten Soldaten herausholt, bevor die letzten Hubschrauber in Kabul abheben. Anschließend wird sich das Land mutmaßlich in ein zweites Libyen verwandeln und die Zahl der Zonen ohne jede politische Ordnung vermehren, die der »Siegeszug« des Westens typischerweise hinterlässt.

In Asien ist das Chicken Game zwischen den USA und China in vollem Gange, wobei eben leider nicht klar ist, ob eine der beiden Mächte die Nerven verliert und vor dem Zusammenstoß auf die Bremse tritt.

Neben all diesen desaströsen außenpolitischen Entwicklungen geht die ökologische Zerstörung der Erde weiter voran. Die Klimakatastrophe, die Vermüllung der Weltmeere, das Artensterben, die zunehmende Wasserknappheit in vielen Regionen – das sind alles im Prinzip lösbare Probleme, die aber eines solidarischen Handelns der Menschheit bedürften, jedoch durch Nationalismus und Rassismus, verbunden mit dem neoliberalen Kapitalismusmodell der hemmungslosen Bereicherung und Ablehnung jeglicher langfristiger Steuerung, schlicht unlösbar erscheinen.

Der individualistische Irrsinn scheint sich endgültig gegen jede Form kollektiver Vernunft durchzusetzen. Welch tiefe Freude kommt da in einem auf, wenn man liest, dass bei allgemein sinkender Lebenserwartung in den USA es den dortigen Pharmakonzernen jetzt gelungen sein soll, die Leukämie vollständig zu heilen. Zum lächerlichen Preis von 400.000 Euro pro Fall. Man mag einwenden, dass die beschriebenen Zustände und Verhältnisse noch nie in der Geschichte der Menschheit anders gewesen seien. Der bedeutsame Unterschied besteht aber darin, dass frühere Ausbrüche menschlicher Dummheit und Gier regelmäßig nur zu regionalen Katastrophen geführt haben.

Zwar hat Europa fast 1000 Jahre gebraucht, um sich vom zivilisatorischen Zusammenbruch nach dem Ende des römischen Weltreiches zu erholen, dafür ging es aber wenigstens in anderen Regionen aufwärts. Was heute droht, ist die finstere Kehrseite der Globalisierung, der zivilisatorische Zusammenbruch weltweit.

Man ist versucht, auf ein sich vereinigendes Europa als Gegenkraft zu diesen weltweiten Entwicklungen zu hoffen. Aber auch hier sind die Vorzeichen derzeit eher düster. In Italien herrscht jetzt eine Querfront aus der politisch kaum fassbaren Fünf-Sterne-Bewegung und den Halbfaschisten der Lega unter Matteo Salvini. Die politische Munition dieses Lagers, das derzeit wohl jede Wahl gewinnen würde, speist sich nicht nur aus der Ablehnung gegenüber Migranten, die immer offener rassistische Züge annimmt.

Dass es dazu kommen konnte, hat seine wesentliche Ursache darin, dass die europäischen Staaten unter deutscher Führung Italien in der Zuwanderungsfrage völlig allein gelassen haben. Dabei waren die politischen Folgen dieser Verweigerung von Solidarität mit den Händen zu greifen. Aber der Merkelsche Opportunismus, das zentrale Merkmal des Handelns dieser Kanzlerin, hat diese Fehlentwicklung sehenden Auges in Kauf genommen.

Doch nicht nur Italien trübt das europäische Bild. Der chaotische Verhandlungsverlauf in Sachen Brexit ist ein Fall für sich. Österreich, Ungarn, Polen sind fest in der Hand nationalistischer Populisten, und über ganz Europa schwebt die Drohung Recep Tayyip Erdoğan.

Dessen entscheidendes Machtinstrument, vor dem Angela Merkel wie das Kaninchen vor der Schlange sitzt, ist die Flüchtlingsfrage. Erdoğan weiß nur zu gut, dass er die Schleusen der Migration unter seiner Kontrolle hat – zu Wasser in der Ägäis mit griechischen Inseln in Sichtweite, zu Lande an den Grenzen mit Griechenland und Bulgarien. Bislang benutzt er dieses Instrument nur zur finanziellen Erpressung, wobei sich die Lösegeldforderungen ständig erhöhen. Aber natürlich ist er in der Lage, durch Öffnung der Schleusen ein Ausmaß an Instabilität über die EU zu bringen, die diese wegen ihres jetzt schon zerrissenen und kaum handlungsfähigen Zustands möglicherweise über die Klippe stoßen könnte.

Dass es dazu kommen konnte, ist dem vollständigen Politikversagen innerhalb der EU, aber vor allem Deutschlands unter Führung von CDU/CSU und SPD geschuldet. Der Aufstieg Erdoğans ist maßgeblich aus Deutschland gefördert worden. CDU/CSU und SPD, aber auch die Grünen haben trotz entsprechender Warnungen beharrlich ignoriert, dass dieser von Anfang an ein Wolf im Schafspelz war.

Jedem, der es wissen wollte, war klar, dass Erdoğan ein tiefgläubiger Anhänger der durch die Muslimbruderschaft geprägten Auslegung des Islams war und ist. Am besten wussten dies die Türken selbst, die türkische Linke ebenso wie die kemalistische Armeeführung. Angesichts dessen simulierte Erdoğan über viele Jahre den Freund des Westens, vor allem aber den Pro-Europäer, der es kaum erwarten konnte, der EU beizutreten. Dies bot ihm erfolgreich Schutz vor den kemalistischen Generalen. Und die hiesigen politischen Dummköpfe glaubten es einfach, weil sie es glauben wollten. Zu verlockend waren die absurden Vorstellungen, die AKP sei eine Art islamische CDU und damit das grandiose Gegengift gegen den islamistischen Fundamentalismus.

Zu verlockend war und ist bis auf den heutigen Tag für die SPD die Vorstellung, die AKP-Anhänger in Deutschland und damit die Mehrheit der in Deutschland lebenden Türken bei Wahlen für sich mobilisieren zu können. (Was teilweise durchaus gelungen ist.) Vor allem aber wollte an diese Verheißung das deutsche und europäische Kapital glauben, dessen gesamte Europabegeisterung sich ohnehin stets fast nur aus der Hoffnung auf Absatzmärkte und Investitionsmöglichkeiten speist.

Angesichts der immer schwieriger werdenden Suche nach Möglichkeiten der Verwertung des wachsenden Anlagekapitals konnte die Europäische Union und ihr gemeinsamer Markt (und nur der ist für unsere Kapitalisten interessant) gar nicht groß genug werden. Dass diese Expansionsstrategie Richtung Osteuropa und Balkan das politische Europa faktisch unregierbar machen musste und damit die Idee eines politisch vereinten Europas auf kaum absehbare Zeit zerstört hat, ist dem Anlagemöglichkeiten suchenden Kapital völlig gleichgültig. Gier macht eben blind.

So wurde aus einem durchaus möglichen, politisch vereinten Kerneuropa, wie es etwa Charles de Gaulle vorgeschwebt hat, ein bürokratisches Monstrum mit einem unüberschaubaren Institutionengemenge, ein Paradies für Lobbyisten und Spesenritter, das seinen Bürger*innen nicht mehr als politische Verheißung, sondern als bedrückendes Monstrum erscheint. Die politischen Befehlsempfänger deutscher und europäischer Kapitalmacht, ob sie nun CDU/CSU, SPD, Grüne oder FDP heißen, haben diesen Anlagewillen begeistert vollzogen.

In ihrer ohnehin dem tagespolitischen Aktionismus verfallenen Blindheit haben sie damit dem Wiedererstarken von Nationalismus und Rassismus in Europa in Wahrheit den Weg bereitet. Denn das Erstarken antieuropäischer Ressentiments nutzt ja nicht der europäischen Linken in ihrer Zersplitterung und sektiererischen Dummheit, sondern ist zusammen mit Fremdenhass und antiislamischem Kulturkampf die entscheidende Triebfeder für die Erfolge von AfD, Front National, Lega etc.

Das institutionelle Gebilde, das sich Europäische Union nennt und das sich die Märkte in ihrer gottersetzenden Weisheit geschaffen haben, ist heute aber gleichzeitig Täter und Opfer in der im politischen Diskurs alles überlagernden Migrationsfrage. Dabei gibt es kaum eine so gut vorhergesagte Krise wie die Wanderungsbewegungen von Osten nach Westen und von Süden nach Norden. Diese Entwicklung wurde sogar vor Jahrzehnten schon filmisch vorhergesagt und in Szene gesetzt. Damals haben sich viele »normale« Leute erschrocken, die politisch Verantwortlichen und vor allem die Investoren hat aber diese Prophezeiung nicht im Geringsten beeindruckt. Afrika war als Markt uninteressant, Entwicklungshilfe diente primär der Fütterung korrupter Machthaber.

Gleiches gilt erst recht für die Flüchtlingsbewegung des Jahres 2015, die von Angela Merkel mit dem historisch zu nennenden Satz: »Wir schaffen das« kommentiert wurde. Die Warnungen der Auslandsvertretungen wie der Nachrichtendienste über das, was da kommen werde, waren über ein Jahr zuvor schon beim Kanzleramt eingegangen. Es wäre also Zeit gewesen für eine planvolle Steuerung, sowohl auf EU-Ebene als auch in Deutschland. Nicht aber bei einer Regierung, die sich an Umfragen orientiert und jegliche möglicherweise leicht unpopuläre Vorsorgemaßnahme vermeidet.

Mit einem Jahr Vorwarnzeit hätte eben nicht über Nacht eine Flut von hilfesuchenden Menschen über eine unvorbereitete Polizei, über uninformierte Städte und Gemeinden, über eine personell unterbesetzte und unvorbereitete Bundesanstalt für Arbeit ausgegossen werden müssen. Es wäre Zeit gewesen, die eigene Bevölkerung mit wahrhaftiger Information vorzubereiten und damit eine nachhaltige demokratisch legitimierte Basis für den Umgang mit dieser Migrationsbewegung zu schaffen. Stattdessen hat sich diese unsägliche Regierung darauf verlassen, dass dank des maßgeblich von Schäuble ausgehandelten Schengen-Abkommens schon andere Staaten die Last tragen würden.

Die sogenannte Flüchtlingskrise ist eben keine schicksalshafte Erscheinung, sondern eine Manifestation des Staatsversagens. Kann man sich etwas Perfideres vorstellen: Erst manövriert man die Südeuropäer, die Griechen vorweg, mit deutscher Austeritätsideologie in den ökonomischen Abgrund (Griechenland hat bis heute 25% seines Bruttoinlandsproduktes eingebüßt, und hinter dieser Zahl verbirgt sich massenhaftes Elend und sogar der Tod vieler Menschen), und dann überlässt man diesen Staaten die Bewältigung des Flüchtlingselends nach der Schengen-Logik, strikt vertragsgetreu, versteht sich.

Als das Kind dann eben nicht in den Brunnen gefallen ist, sondern in die Wirklichkeit geworfen wurde, heftet sich die Kanzlerin die Pose tiefster Menschenfreundlichkeit an, begeistert bejubelt von einer deutschen Bevölkerungsmehrheit, die nach den unsäglichen Verbrechen der Vergangenheit verständlicherweise auch mal den »guten Deutschen« zeigen will.

Natürlich hat Frau Merkel mittlerweile auch beim Rückzug der Menschlichkeit die politische Führung übernommen, nachdem ihr dies von den Umfrageergebnissen nahegelegt wurde. Und sogar noch, was für eine politische Glanzleistung, in der Rolle der human Gemäßigten, da ja mit Markus Söder und Horst Seehofer noch bösere Buben zur Verfügung stehen.

Ein von solchen Leuten geführtes Europa wird auf der Bühne der Weltpolitik der kommenden Jahre bestenfalls die Rolle des tragisch-komischen Zuschauers spielen. Der Konflikt mit dem Iran, dem Land, das die USA nach dem vereinten Willen von Präsident, Kongress und Senat jetzt als nächstes in Chaos und Verzweiflung treiben werden, zeigt mehr als deutlich, wie es um dieses Markteuropa bestellt ist.

Allen politischen Sprüchen von Heiko Maas bis Emmanuel Macron zum Trotz folgen die europäischen Konzerne von Daimler bis TOTAL dem Diktat der USA. Selbst ein badischer Hersteller von Tunnelbohrmaschinen, die Firma Herrenknecht, geht winselnd in die Knie – samt der Deutschen Bahn AG, die dem deutschen Staat gehört. Dafür wird Donald Trump die europäischen Autokonzerne erst einmal nur mäßig gerupft zunächst davonkommen lassen, weil er sich auf den großen Showdown im Handelskrieg mit der Volksrepublik China konzentrieren muss. Was für eine erbärmliche Rolle, die den Europäern da zugewiesen wird.

Da nun also aus dieser Art von Europa die Rettung nicht kommen wird, müssen wir uns wieder dem Grundübel zuwenden, das die Welt zu zerstören droht, dem entfesselten finanzmarktkapitalistischen System. Wie bereits mehrfach angedeutet, befinden wir uns in einer der von Karl Marx gut beschriebenen Verwertungskrisen des Kapitals. Üblicherweise findet eine derart manifeste Krise des keine Verwertung mehr findenden Kapitals drei, in ihrer Anbahnung bereits jetzt sichtbare »Auswege«. Zum einen verschärfte Ausbeutung der abhängig Beschäftigten, vor allem von Frauen. Zum zweiten kolonialistische Eroberung neuer Märkte, zum dritten Krieg als ultimative Form der Kapitalvernichtung.

Selbst in Deutschland, das bisher eher ein Gewinner der Eurokrise war – allein am Niedergang Griechenlands hat der deutsche Staat über das »Rettungspaket« Milliarden verdient –, sind die Auswirkungen der Kapitalverwertungskrise, die gelegentlich vornehm als steigender Anlagedruck bezeichnet wird, spürbar. Herkömmliche Anlageformen scheitern schon an Null- bis Negativverzinsung. Spekulativeres Verhalten trifft auf einen stagnierenden Aktienmarkt und fallenden Goldpreis. Die Reallöhne sinken seit langem, selbst im Jahr 2018 bei scheinbar besseren Ergebnissen der Tarifverhandlungen ist auch bei nach Tarif Beschäftigten keine reale Einkommenssteigerung festzustellen. Entsprechend katastrophal sieht es bei der Hälfte der Lohnabhängigen aus, die kein tariflich abgesichertes Einkommen beziehen. Für deutlich über eine Million Kinder können die Eltern die Kosten der Schulbücher nicht mehr bezahlen.

Damit zieht sich die Linie verschärfter Ausbeutung, die mit der Agenda 2010 eröffnet wurde, gleichbleibend bis heute durch die bundesdeutsche Gesellschaft. Besonders betroffen sind Frauen, ob nun als Alleinerziehende oder migrantische Arbeitssklavinnen im privaten Haushalt und im Pflegebereich. Kapitalismus und Patriarchat waren schon immer Zwillinge und sind nun im Care-Bereich eine besonders unheilvolle Allianz eingegangen, die von der Privatisierung und Kommerzialisierung des Gesundheitswesens vorangetrieben wird. Überhaupt sind die seit 20 Jahren anhaltende Privatisierung und der fortschreitende Staatsabbau letztlich ja nichts anderes als die Folge des »Anlagedrucks« in der Kapitalverwertungskrise.

Wunderbarerweise haben es die Agitationsplattformen dieses »notleidenden Kapitals«, ob sie nun als Initiative Neue Soziale Marktwirtschaft und Bertelsmann Stiftung oder als angeblich der Wissenschaft verpflichtete ökonomische Forschung daherkommen, es geschafft, mit der neoliberalen Ideologie vom Segen der Märkte und des Privaten dem ganzen primitiven Vorgang eine nachgerade theologische Verklärung überzustülpen.

Der Ausbeutungsdruck hat ganz Europa längst erfasst. Die Minderung der Realeinkommen in Südeuropa übersteigt die deutschen Verhältnisse geradezu horrend. Wie schon immer erweist sich aber die verschärfte Ausbeutung eben nicht als dauerhafte Lösung der Krise der Kapitalverwertung. Im Gegenteil, die fehlende Kaufkraft schlägt massiv auf das ökonomische System zurück.

Das viel beklagte Ausbleiben von Wertschöpfung durch Innovation ist wenig erstaunlich, wenn dem Volk ebenso wie dem abgebauten öffentlichen Sektor die Mittel fehlen. Die chronische Unterfinanzierung der Staaten mündet eben direkt in die Verrottung der Infrastruktur wie auch in die zunehmende Bildungsmisere.

Auch der bewährte zweite Scheinausweg aus der Kapitalverwertungskrise, die kolonialistische Erschließung neuer Märkte, stößt derzeit an ihre Grenzen. Der akute wirtschaftliche Niedergang der sogenannten Schwellenländer Argentinien, Brasilien, Türkei und Südafrika gibt davon beredtes Zeugnis.

Kein Wunder, dass nun Afrika zum neuen Zentrum der Hoffnung für anlagesuchendes Investitionskapital werden soll. Schon geben sich Theresa May und Angela Merkel, begleitet von einer ansehnlichen Zahl ihrer jeweiligen Wirtschaftsführer, dort die Klinke in die Hand. Bei Merkel kommt natürlich das Motiv hinzu, als Gegenleistung – für die angeblich segensreiche Investitionstätigkeit bundesdeutscher Konzerne – von den afrikanischen Machthabern, die sie besucht, die Zusage zu erhalten, dass sie ihre Landsleute von der Migration nach Europa abhalten und aus Europa Ausgewiesene wieder zurücknehmen werden.

Allerdings kommt dieser staatliche Lobbyismus wohl 20 Jahre zu spät. Die Chinesen sind nämlich schon lange in Afrika präsent, und die Vorstellung, es stehe im Belieben afrikanischer Präsidenten, Migrationsbewegungen zu stoppen, ist schon reichlich naiv.

Im Ergebnis bleibt es also dabei, dass der Kapitalüberfluss in Folge gelungener Aneignung des Mehrwerts in spekulative Blasenbildung münden wird. Das gilt im Kleineren für die absurde Immobilienpreisentwicklung in deutschen Großstädten, die mit einer rasch steigenden Überschuldungsbereitschaft deutscher Mittelstandsfamilien einhergeht (und deshalb für diese einmal voraussehbar ein böses Ende nehmen wird). Im Größeren aber in Form einer neuen Kreditblase in den USA, die bereits ähnliche Dimensionen angenommen hat, wie sie vor der Finanzkrise 2008 registriert wurden. Das Platzen dieser Blase ist gewiss, nur der Zeitpunkt bleibt unklar. Dieses Ereignis wird aber auf eine Europäische Zentralbank treffen, die ihr Pulver bereits verschossen hat und voraussichtlich von einem deutlich unfähigeren Chef als dem derzeitigen geführt wird.

»America first« bedeutet eben vor allem eine Kannibalisierung des ökonomischen Kampfes, und die US-Administration handelt aus der scheinbaren Gewissheit, dass ihre Volkswirtschaft in einem ökonomischen Krieg alle anderen überleben wird. Dieser ökonomische Krieg ist in der Geschichte zumindest in Asien dem militärischen Krieg vorhergegangen, denn der Angriff auf Pearl Harbor war die Folge der wirtschaftlichen Maßnahmen der USA gegen das kaiserliche Japan. Der dritte »Scheinausweg« aus der Kapitalverwertungskrise, die Kapitalvernichtung durch einen Weltkrieg, rückt also bedrohlich näher.

Dabei sind die Bruchlinien zwischen den atomaren Supermächten schon deutlich zu erkennen, sowohl im Orient als auch im asiatisch-pazifischen Raum. Die Kriegskoalitionen sind im Orient ja bereits geschlossen: USA, Israel, Saudi-Arabien vs. Russland, Syrien, Iran.

Die ökonomische Unterlegenheit der letzteren lässt es im Übrigen wahrscheinlich erscheinen, dass sie sich vordergründig für die Rolle des Aggressors zur Verfügung stellen werden. Dies gilt sowohl für das denkbare Szenario eines Angriffs der Hisbollah auf Israel, als auch für einen Angriff der iranischen Revolutionsgarden auf die Tankerflotte im Persischen Golf, sollte das Öl-Embargo der USA gegen den Iran erfolgreich sein.

Noch gefährlicher, weil mit größerer Wahrscheinlichkeit in einen atomaren Schlagabtausch mündend, ist die Konfrontation zwischen den USA und China. Auch hier ist die US-Administration offensichtlich bereit, die ökonomische Karte in Form des Handelskrieges auszureizen. Die angedrohten Maßnahmen – im nächsten Schritt Zölle auf chinesische Exporte im Umfang von 200 Mrd. Dollar, im übernächsten auf solche im Wert von 500 Mrd. Dollar – sind handelspolitisch für China nicht mehr adäquat zu beantworten.

Die einzige adäquate Drohung, die der Volksrepublik dann noch verbleibt, ist der Verkauf der von ihr gehorteten US-amerikanischen Staatsanleihen. Dies würde den Zusammenbruch des zentralsten Pfeilers der Weltökonomie der letzten 30 Jahre bedeuten. Denn wie schon Barack Obama zutreffend bemerkte, beruht dieser Pfeiler im Kern darauf, dass die Chinesen den US-Amerikanern das Geld leihen, mit dem die USA anschließend die chinesischen Waren kaufen. Man kann sich kaum ausmalen, welche Folgen eine solche Eskalation der wirtschaftlichen Auseinandersetzung für den Weltfinanzmarkt hätte. Vermutlich würde uns die Finanzkrise von 2008 wie ein mildes Säuseln dagegen vorkommen.

Das militärische Szenario für eine kriegerische Auseinandersetzung wird derzeit im Kampf um die Souveränität im südchinesischen Meer aufgebaut. Hier sind sich die beiden Atommächte in den letzten Jahren schon so gefährlich nahegekommen, dass sogar die Dummheit eines lokalen Kommandeurs eine militärische Kettenreaktion auslösen könnte. Erinnern wir uns an den Abschuss einer iranischen Passagiermaschine durch die USS Vincennes, die sich irrtümlich bedroht fühlte, und stellen uns das gleiche im Fall einer chinesischen oder US-amerikanischen Passagiermaschine vor.

Fassen wir also zusammen: Erstens, die Kapitalverwertungskrise nimmt zu. Zweitens, die Weltfinanzkrise ist seit 2008 nicht überwunden, sondern hat bestenfalls eine Atempause eingelegt. Drittens, die Nachkriegsordnung im Gefolge des Zweiten Weltkrieges ist zerbrochen. Die mit ihr verbundenen Bündnissysteme sind aufgelöst oder in der Auflösung begriffen. Viertens, supernationale Ansätze wie die Vereinten Nationen, die Welthandelsorganisation, die Europäische Union und die Eurozone sind in ihrer Existenz gefährdet. Fünftens, die gesamte Situation ähnelt der in den 1920er Jahren, als die Große Depression zum Vorspiel des Zweiten Weltkriegs und erst durch diesen beendet wurde.

Stellen wir uns deshalb anschließend die Frage: Was wird in einer solchen »Welt aus den Fugen« aus dem deutschen Parteiensystem und was wird aus der SPD?

Die SPD und der Fall Maaßen – Mitleid, Verachtung, Lächerlichkeit

Falls es noch Wähler(innen) gegeben haben sollte, die die SPD aus einer Mischung von Traditionsverbundenheit und Mitgefühl wählen wollten, ist es damit jetzt wohl auch vorbei. Der »Kompromiss« in Sachen Maaßen, den die SPD-Vorsitzende Andrea Nahles im September 2018 mit Angela Merkel und Horst Seehofer ausgehandelt hat, ist wahrlich die größtmögliche AfD-Unterstützung, die man sich überhaupt vorstellen konnte. Die Idee, den nachweislich inkompetenten und politisch höchst umstrittenen ehemaligen Verfassungsschutz-Chef zum für Sicherheit zuständigen beamteten Staatssekretär mit Zustimmung der SPD-Vorsitzenden hochzuloben, war die größtmögliche Verhöhnung aller, die sich in Deutschland dem braunen Mob entgegenstellen. Das Verhalten von Andrea Nahles ist darüber hinaus die größtmögliche Demütigung ihrer eigenen Partei, da sie nicht nur die Beförderung Maaßens, sondern auch die Entlassung des SPD-Staatssekretärs im Innenministerium querschreiben wollte. Das war weder in der Partei noch in der Bevölkerung zu vermitteln und musste eine Stufe heruntergekocht werden, selbstverständlich unter Aufbringung sämtlicher Mittel der politischen Kommunikation (»Wir haben uns geirrt«).

Der gesamte Vorgang bestätigt nahezu sämtliche (Vor-)Urteile, die in der Bevölkerung gegenüber dem Berliner Politikbetrieb bestehen. Illoyalität und Versagen sollten demonstrativ belohnt werden. Die SPD und auch die Kanzlerin haben sich selbst der Lächerlichkeit preisgegeben. Angela Merkel ist offensichtlich schon derart schwach, dass sie dies nicht mehr vermeiden konnte, zumal sie mit Andrea Nahles eine »Partnerin« hatte, die offensichtlich den »politischen« Verstand verloren hat. Mit diesem Verhalten kann die SPD zukünftige Wahlkämpfe faktisch einstellen, denn ihren Mitgliedern wird, falls sie sich überhaupt noch an den Wahlkampfständen blicken lassen, nur noch Verachtung entgegenschlagen.

Das vollständige Führungsversagen in der SPD wird die Partei in einen Zustand ratloser Wut zurücklassen, es werden ohnmächtige Pseudoproteste erfolgen, das alles ist geeignet, den Zerfall der Partei erheblich zu beschleunigen. Insgesamt werden Angst und Wut in den kommenden Monaten die bestimmenden Merkmale des SPD-Erscheinungsbilds sein.

Damit wird die Republik insgesamt einer äußerst gefährlichen, sich zunehmend selbst beschleunigenden Entwicklung ausgesetzt. Dass es dazu kommen konnte, ist nur der erneute Ausweis unsäglicher Abgehobenheit und politischer Dummheit einer selbsternannten Führungselite in Berlin, die jede Verbindung zur Gesellschaft verloren hat und in ihrem eigenen selbstgeschaffenen Wolkenkuckucksheim lebt.

Es ist erschreckend, dass in Deutschland die politische Krise und die Zerfallserscheinungen des politischen Systems der ökonomischen Krise vorweglaufen. Wie lautete doch einer der letzten Sprüche des Großzynikers Ernst Jünger: »Ich beobachte mit Interesse, wie der Zeitstrom auf den Katarakt zuläuft.«

Diesel-Krise –
außer Spesen nichts gewesen

»In Kreißen lag ein Berg und stöhnte,
und die Welt hielt den Atem an
und er gebar eine Maus.«
Es ist, als hätte der große deutsche Dichter Bertolt Brecht den Zustand der sogenannten GroKo in ihrer geballten Handlungsunfähigkeit vorhergesehen. Jedenfalls passt das kurze Gedicht exakt auf die Art und Weise, wie Union und SPD die wohl zurzeit wichtigste industriepolitische Frage misshandelt haben.

Nach monatelangem Vorspiel mit endlosen Ankündigungen zum Schutz der leidgeprüften Besitzer von Diesel-PKWs kam am Ende – NICHTS. Keinerlei technische Nachrüstung der alten Diesel-Modelle und schon gar nicht auf Kosten der Automobilkonzerne, wie es die SPD-Umweltministerin Svenja Schulze lautstark gefordert hatte. Die Kanzlerin mitsamt ihrem sozialdemokratischen Wurmfortsatz hat sich, wie so oft, im Ergebnis den Konzernen einfach unterworfen.

Wieder trifft es die Leute mit den kleinen Einkommen, die keine Tausende Euro erübrigen können, um das als Umweltinitiative getarnte Verkaufsförderungsprogramm der Automobilkonzerne zu nutzen. Grün wählende Studiendirektor*innen, Ärzt*innen, Apotheker*innen und Beamt*innen des höheren Dienstes werden locker hybride rabattierte Schlitten erwerben können – für alle anderen bleiben Wertverluste und Fahrverbot.

Einmal mehr sind die wahren Machtverhältnisse in dieser Gesellschaft geklärt und die Wut der Ohnmächtigen wächst weiter.

War's das, SPD?

Zu dem Zeitpunkt, als ich diese Zeilen schreibe, liegt die SPD in den Umfragen für den Ausgang einer Bundestagswahl zwischen 16,5 und 19%, die CDU/CSU zwischen 28 und 31%, die AfD zwischen 15 und 17%, die Grünen zwischen 13 und 15%, DIE LINKE zwischen 8 und 11% und die FDP zwischen 7 und 9%. In den Ländern reicht die Spannbreite der SPD von 9 bis 32%. In ihren früheren flächenstaatlichen Hochburgen Hessen und Nordrhein-Westfalen bewegt sich die SPD um die 22%-Marke.

SPD: Bundestagswahlergebnisse seit 1990 in %

Jahr	Ergebnis
1990	33,5
1994	36,4
1998	40,9
2002	38,5
2005	34,2
2009	23,0
2013	25,7
2017	20,5

SPD: Anzahl der Parteimitglieder von 1990-2017

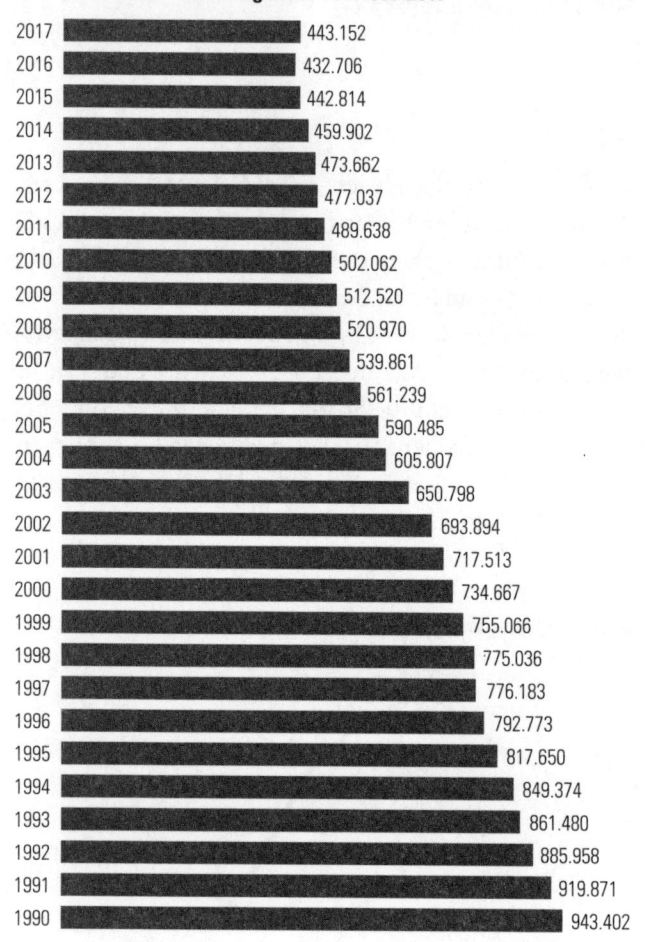

Jahr	Mitglieder
2017	443.152
2016	432.706
2015	442.814
2014	459.902
2013	473.662
2012	477.037
2011	489.638
2010	502.062
2009	512.520
2008	520.970
2007	539.861
2006	561.239
2005	590.485
2004	605.807
2003	650.798
2002	693.894
2001	717.513
2000	734.667
1999	755.066
1998	775.036
1997	776.183
1996	792.773
1995	817.650
1994	849.374
1993	861.480
1992	885.958
1991	919.871
1990	943.402

Stand jeweils 31. Dezember

Das Erscheinungsbild der Partei ist nach wie vor wirr. Einige führende Funktionäre fabulieren dieser Tage über das bald mögliche Scheitern der Großen Koalition, ihr Vizekanzler Olaf Scholz hat eine Debatte um ein gesichertes Rentenniveau bis 2040 eröffnet, andere, wie der stellvertretende Parteivorsitzende Ralf Stegner, sprechen von deren Finanzierung durch eine wie auch immer geartete Reichensteuer. Dieser neue gedankliche Höhenflug wurde durch die Parteivorsitzende Andrea Nahles abrupt beendet.

Herausgekommen sind die Aufrechterhaltung des bisherigen (gegenüber früheren Zeiten miserablen) Rentenniveaus bis 2025 und eine gleichgroße Absenkung der Beiträge zur Arbeitslosenversicherung wie Anhebung der Beiträge zur Pflegeversicherung. Also wieder einmal: Als Tiger gesprungen und als Bettvorleger gelandet.

Eine Diskussion über eine zukünftige Regierungsmöglichkeit unter Führung der SPD und die dafür notwendigen oder möglichen Bündnisse findet im Unterschied zu den letzten Zuckungen vor der Bundestagswahl 2017 nicht mehr statt.

Das wahrscheinlichste Szenario auf kürzere Frist ist also folgendes: Die SPD unter dem Duo Nahles-Scholz wird weitere drei Jahre in der Gefangenschaft der GroKo dahinsiechen, da jeder von ihr provozierte frühere Wahlantritt wahrscheinlich zu einem weiteren wahlpolitischen Desaster führen würde, das angesichts der anhaltenden Profillosigkeit der Partei auch unvermeidlich wäre.

Dies gilt allerdings nur unter der Voraussetzung, dass nicht außergewöhnliche Ereignisse außergewöhnliche Folgen nach sich ziehen. Dies gilt sowohl für innerparteiliche Entwicklungen bei CDU/CSU als auch für weltpolitische Ereignisse, die derzeit noch nicht einmal kurzfristig prognostizierbar sind.

Das voraussehbare Ende der Ära Merkel (und nicht einmal das ist wirklich sicher) wird die CDU/CSU in einen innerparteilichen Machtkampf führen, dessen Ausgang natürlich große Rückwirkungen auf alle Parteien, aber vor allem auf die SPD haben wird. Die strategische Hoffnung des Duos Nahles-Scholz besteht wohl darin, die CDU/CSU als Partei der »politischen Mitte« beerben zu können. Anders ist der Verzicht auf die Entwicklung schärferer eigener Konturen jedenfalls nicht zu verstehen.

Diese innerparteilich bequeme Lösung könnte allerdings schon daran scheitern, dass es der Union gelingt, das Erbe Merkels relativ bruchlos an die Generalsekretärin Annegret Kramp-Karrenbauer weiterzugeben. Diese hat bis heute keinen erkennbaren politischen Fehler gemacht und es sogar geschafft, wesentlich konturierter und weniger opportunistisch als die amtierende Kanzlerin zu erscheinen.

Nichtsdestotrotz schmilzt diese »politische Mitte« immer weiter zusammen. Die die Große Koalition tragenden Parteien sind gemeinsam nicht mehr in der Lage, die 50%-Marke zu erreichen, da die AfD auf ihrem Weg zur nationalsozialistischen deutschen Arbeiterpartei erkennbar vorankommt und ihre höchsten Wähleranteile bei Arbeitern und Beamten erreicht (siehe Forschungsgruppe Wahlen vom 31.8.2018). Auch die Grünen gewinnen aus dem Fleisch von Union und SPD, während DIE LINKE ausschließlich mit sich selbst beschäftigt ist. Deshalb ist wohl ein Bündnis von CDU/CSU, Grünen und FDP das wahrscheinlichste Szenario, allerdings nur unter der Voraussetzung, dass nicht zusätzliche schwere Krisensituationen zu abrupten Veränderungen zwingen, auf die das deutsche Parteiensystem in keiner Weise vorbereitet ist.

Ende August 2018 hat das Meinungsforschungsinstitut Forsa die SPD mit einem Wert von 13% an der Gesamtzahl der Wahlberechtigten gemessen. Das ist der niedrigste Wert in den letzten 100 Jahren. Unverändert besteht diese geschrumpfte Partei aber jeweils zur Hälfte aus Gegnern und Befürwortern des neoliberalen Agenda-2010-Kurses. Das heißt, jetzt würde die Entscheidung in dieser Richtungsfrage nicht mehr zu einem mittelfristigen Erholungsprozess führen können, wie das vielleicht noch zum Zeitpunkt des Amtsantritts von Sigmar Gabriel als Parteivorsitzenden möglich gewesen wäre, sondern sofort in den Sechs-bis-Sieben-Prozent-Zustand münden, in dem sich die Restmasse der französischen Sozialisten jetzt schon befindet.

Da die Richtungsfrage von dem Duo Nahles-Scholz allein schon aus diesem Grund nicht entschieden werden wird, wird sich das Sterben dieser Partei als Siechtum bis zu den nächsten Bundestagswahlen hinziehen. Ich wage deshalb die Prognose, dass das SPD-Wählerpotenzial dann endgültig zwischen den anderen Parteien und möglichen Bewegungen aufgeteilt wird. Dies ist jedenfalls, verbunden mit noch einigen regionalen Zuckungen nach oben und unten, das Szenario, das in der Fortschreibung des bisherigen Entwicklungsprozesses am wahrscheinlichsten ist. Der Mittelweg hat dann endgültig den Tod gebracht, da die Partei schon seit langem nicht mehr über das intellektuelle Potenzial für eine neue Formulierung ihrer Identität verfügt. Sie hat schlicht keinen Rückhalt in der ohnehin geschrumpften (künstlerischen) Intelligenz in Deutschland, die sichtlich nicht bereit ist, ein totes Pferd zu reiten.

Dies ist eine Tragödie, weil sie mit einer Koordinatenverschiebung des politischen Systems nach rechts einhergeht. Sollte sich die ökonomische Entwicklung in Deutschland aufgrund einer weltpolitischen Krisenzuspitzung stark verschlechtern, droht schlicht die Wiederholung des politischen Szenarios am Ende der Weimarer Republik. Der einzige Trost ist dann, dass der deutsche braun-schwarze Sumpf wohl nicht mehr über die Möglichkeiten verfügt, einen Weltkrieg zu entfesseln oder eine Massenvernichtung zu organisieren (hoffentlich).

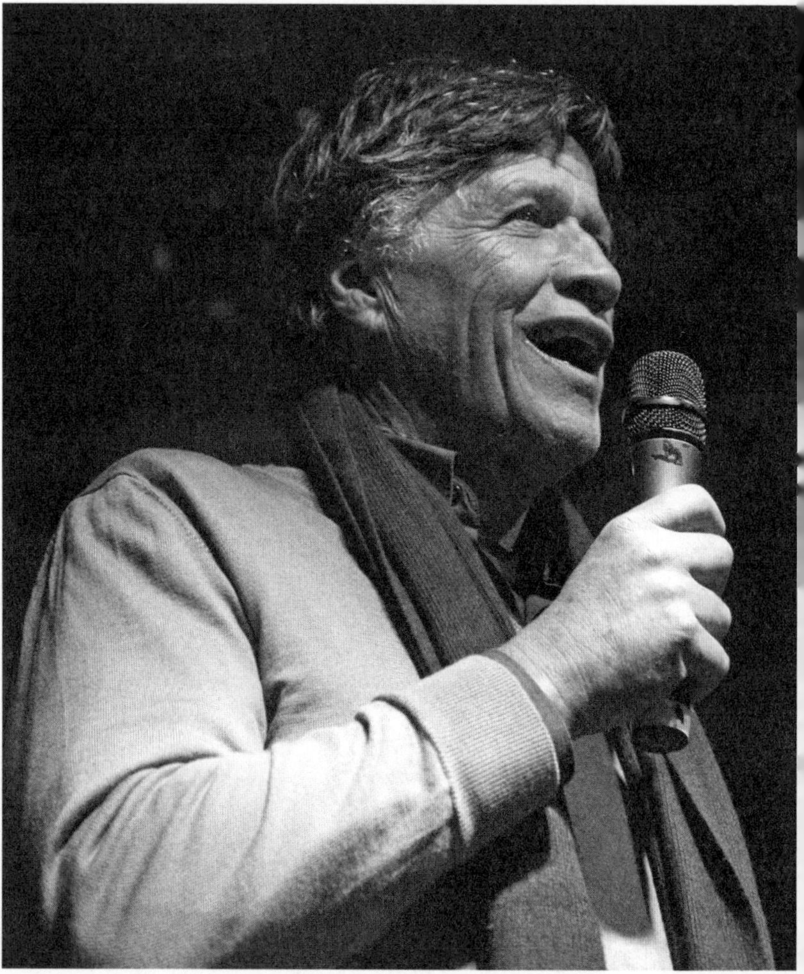

Hoffnung

Die nach wie vor einzige Hoffnung, die sich aber bisher aufgrund der Egoismen bei SPD, Grünen und LINKEN nicht realisiert hat, ist, dass diese Parteien unter dem Druck der anwachsenden braunen Flut doch noch in ein wie auch immer geartetes stabiles politisches Bündnissystem finden. Vorbilder sind ja in der Hauptstadt Berlin und in Thüringen schon existent, wobei allerdings die Regierungsmehrheit in Thüringen schon bei der nächsten Landtagswahl verloren zu gehen droht.

Vielleicht wirkt ja die Erkenntnis aus dem Fanal von Chemnitz, das gezeigt hat, dass die Machtübernahme durch einen rechten Mob nicht gar so weit entfernt ist, wie sich die Politik in Deutschland dies bisher vorgestellt hat.

Das wäre dann anders als in Weimar, wo der gescheiterte Marsch auf die Feldherrnhalle und auch der niedergeschlagene Kapp-Putsch in den Köpfen des linken Teils der politischen Landschaft schlicht nichts bewirkt hat. Natürlich hatte Chemnitz auch nicht das blutige Gesicht dieser beiden Ereignisse zu Zeiten der Weimarer Republik – dafür ist der zivilisatorische Firnis noch zu stark.

Aber ein Menetekel ist Sachsen allemal. Und die Anlässe für solche Machtproben der Rechten werden sich wiederholen. Die romantische Vorstellung und irgendwie auch typisch deutsche Erzählung, dass quasi nur Maria und Josef aus dem Osten und Süden zu uns flüchten, wird noch vielfach durch die Realität zerschossen werden. Die banale Erkenntnis, dass das Böse auch das Böse gebiert, weil Menschen durch ihre Traumata in vielfältiger Weise verändert werden, wird hoffentlich irgendwann auch noch dem letzten Romantiker bewusst werden. Deutschland bedarf jetzt eines realistischen Humanismus, der auch Fehlentwicklungen mit rechtsstaatlicher Konsequenz bekämpft. Die Tolerierung des Bösen, egal ob es sich in Baseballschlägern oder Messern manifestiert, ist ja zumeist nur die Tarnung für Feigheit und Bequemlichkeit.

Die fatale Neigung von Sozialdemokraten, Grünen und LINKEN, Polizei, Armee und Nachrichtendienste der Auffüllung durch die rechte Hälfte der Gesellschaft zu überlassen, muss endlich beendet werden, wenn die Republik nicht einer üblen Zukunft entgegen gehen soll. Die Vorstellung, man könne die Demokratie auf Birkenstocksandalen und mit säuselnder Belehrungsstimme verteidigen, ist einfach nur irre. Entscheidender ist aber vor allem, ob der progressive Teil der deutschen Gesellschaft in der Lage ist, ein Zukunftsbild zu entwickeln, das den zunehmend verstörten Bürger*innen das verlorengegangene Gefühl von Sicherheit zurückgibt. Dabei geht es um den Abbau von Angst und das Angebot von Identität.

Dies gilt nicht nur im Osten, wo die Menschen eine falsche Identität verloren haben, ohne eine neue zu finden. Die durch die neoliberale Konterrevolution zerstörte Gewissheit, einen sicheren Arbeitsplatz und ein gesichertes Alter zu haben, oder wenigstens eine Wohnung, aus der man nicht vertrieben werden kann, hat auch in den westdeutschen Köpfen ein Vakuum hinterlassen, das mit Angst aufgefüllt wird. Diese Angst wird unweigerlich zum Hass, wenn sie nicht auf eine glaubwürdige Hoffnung trifft. Das gilt im Übrigen auch für die Beschwörung durchaus realistischer ökologischer Weltuntergangsszenarien.

Es ist schlicht nicht einzusehen, warum sich das fortschrittliche Lager in Deutschland nicht wenigstens auf eine Reihe von Maßnahmen verständigen könnte. Beispielsweise:
- die Wiederherstellung existenzieller Sicherheit durch Einführung eines gesetzlichen Mindestlohns von zwölf Euro;
- die Garantie eines steuer- und abgabefreien Mindesteinkommens (nicht Grundeinkommens) von 1.200 Euro;
- die Garantie einer Mindestrente von ebenfalls 1.200 Euro;

- die Abschaffung von befristeten und Leiharbeitsverhältnissen;
- die wirklich lückenlose Durchsetzung aller Gesetze durch eine öffentliche Verwaltung und eine Justiz, deren Personal- und Sachausstattung dieser Aufgabenstellung auch tatsächlich entspricht;
- eine ökologische und energetische Wende, die sich auf verlässliche stufenweise eingeführte Gebote und Verbote gründet;
- die vollständige Rekommunalisierung der Wasser- und Energieversorgung, des öffentlichen Nahverkehrs, der Abfallentsorgung und der Krankenhäuser, soweit es sich nicht um Universitätseinrichtungen handelt.

Ein »Linksblock«, der sich auf eine solche oder ähnliche Konturierung stützen würde, hätte fraglos eine Chance auf politische Mehrheiten in Deutschland. Vorausgesetzt, er ist dann auch bereit, das einsetzende Froschkonzert von ja, aber, vielleicht, zu komplex und so weiter, stoisch durchzustehen. Eine historische Chance könnte sich bei den anstehenden Europawahlen ergeben. Der Wahlantritt eines Links- (noch besser Mitte-links-) Bündnisses bei diesen Wahlen könnte die Geburtsstunde eines internationalistischen Projektes sein.

Bildnachweise

Titelfoto: Ulrich Maurer auf einem Fest der LINKEN in der Berliner Kulturbrauerei im September 2013 (Foto: DerHexer, Wikimedia Commons)

Seite 8: Ulrich Maurer spricht im Februar 2008 im Deutschen Bundestag (Archiv Ulrich Maurer).
Seite 24: Blick in den Plenarsaal des Deutschen Bundestags im Oktober 2006 (Archiv Ulrich Maurer).
Seite 32: Oskar Lafontaine wird am 9. April 1985 von Landtagspräsident Albrecht Herold zum Ministerpräsidenten des Saarlandes vereidigt (picture-alliance/dpa).
Seite 42: Zu Besuch bei Willy Brandt Anfang der 1970er Jahre (Archiv Ulrich Maurer).
Seite 46: Als Vorsitzender der baden-württembergischen SPD während des Landesparteitages in Breisach am 14.9.1996 (picture-alliance/dpa).
Seite 50: Im Gespräch mit der damaligen Bundestagsabgeordneten Herta Däubler-Gmelin während des Landesparteitags der SPD am 17. Oktober 1998 in Sindelfingen (picture-alliance/dpa).
Seite 58: Hans Modrow im Blitzlichtgewitter beim Gegenbesuch in Stuttgart im Oktober 1989 (Archiv Ulrich Maurer).
Seite 76: Mit dem baden-württembergischen Wirtschaftsminister und stellvertretende Ministerpräsidenten Dieter Spöri am 16.9.1995 auf dem SPD-Landesparteitag in Pforzheim (picture-alliance/dpa).
Seite 89: Gregor Gysi und Lothar Bisky präsentieren auf einem PDS-Sonderparteitag im Juli 2005 den neuen Namen der Partei: DIE LINKE (picture-alliance/dpa).
Seite 106: Aufstehen zum Interview – auf dem 1. Parteitag von DIE LINKE 2008 in Cottbus (Archiv Ulrich Maurer).
Seite 116: Fraktionssitzung der LINKEN im Bundestag im Februar 2008 mit Oskar Lafontaine und Dagmar Enkelmann (Archiv Ulrich Maurer).
Seite 152: Archiv Ulrich Maurer

Nicht alle Rechteinhaber der Fotos konnten ermittelt werden; der Verlag ist bereit, berechtigte Ansprüche in üblicher Weise abzugelten.

VSA: Linke Bücher gegen Rechts

Dieter Sauer/Ursula Stöger/
Joachim Bischoff/Richard Detje/
Bernhard Müller
**Rechtspopulismus
und Gewerkschaften**
Eine arbeitsweltliche Spurensuche
216 Seiten | € 14.80
ISBN 978-3-89965-830-9
Rechtspopulisten erzielen unter
Gewerkschaftsmitgliedern zum Teil
überdurchschnittliche Erfolge. Was
sind die Hintergründe?

VSA: Verlag
St. Georgs Kirchhof 6
D-20099 Hamburg
Tel. +49 (0) 40/28 09 52 77-0
E-Mail: info@vsa-verlag.de

Klaus Busch/Joachim Bischoff/
Hajo Funke
**Rechtspopulistische
Zerstörung Europas?**
Wachsende politische Instabilität und die Möglichkeiten einer
Kehrtwende
224 Seiten | € 16.80
ISBN 978-3-89965-778-4
Am Beispiel von Italien, Frankreich,
Niederlande, Österreich und
Deutschland werden sozioökonomische, politische und kulturelle
Faktoren des rechtspopulistischen
Aufstiegs analysiert.

www.vsa-verlag.de